死神

田中慎弥

朝日新聞出版

死神

中学二年の時、初めて本当に死のうとした。つまり、初めてあいつに会った。そのことをあとであいつに言うと、

「お前が死にたがるのは俺のせいなんかじゃない。お前の意思だよ。」

だが、どう考えても、死とあいつとは一体だ。何しろ、死神なのだから。

なぜ死のうとしたのか、正直分らない。しかし、十年以上も生きていて、一度も死にたいと思ったことがないなんて、あり得るだろうか？　普通、人は、あいつと会わずにすむのだろうか？　私は作家になり、十代の頃のことを小説やエッセイに書いた。だがあいつのことだけは、書けていない。私はいまでも時々、死の衝動に駆られる。

ついいましがたも次の小説のことで、出版社の担当編集者と電話で、これまでにない口論をした。その理由は、実は仕事のことばかりでもないのだが——そのあと酒を呷《あお》った。い

っそこいつに殺虫剤でも入れるか。今度こそ、本当にやってしまおう。そう気持よく言い聞かせた瞬間、出てきたあいつが、

「そうだそうだ、今度こそだよ。どうせあの女はお前じゃ無理だって。それに、もともと作家と編集者は難しいんだろ。な、作家として焼きが回った、男としても終った。綺麗《きれい》さっぱりこっちの世界に身柄を引き取ってやるよ。」

死の願望とあいつ、いったいどちらが先だろう。死のうとするからあいつが現れるのか、あいつと出会ったから死にたくなるのか……

しかし、あいつと関係ないところに、動機や理由はあったのかもしれない。


中二よりずっと前、小学二年くらいだったか。昼休みの鬼ごっこか、かくれんぼ。寒かった。風ではなく空気そのものが冷たかった。小学校は丘越えの大きな坂道に接していた。体育館の裏手、掃除道具が納められた物置と、坂道の土台である石垣との隙間に、私は一人で隠れていた。排水溝。枯葉。何か、燃やすにおい。遊んでいる生徒たちの声が遠くに聞える。

誰も来なかった。宇宙の中に自分一人のような冬だった。物置と石垣の間に見える細い空に雲が、だんだんと形を変えてゆくのが分る、そのくらい長いこと隠れていた。むしろ見つかるのを待っていた。誰も来ないまま、休み時間終了のチャイムが鳴った。その時、胸

の中を、周りの空気より冷たい、暗く恐ろしい影のようなものが、確かに行き過ぎたのだ。やがてその何かが、自分を捕まえにくるに違いない。

掃除の時間、木造教室の床板の合せ目に詰った砂粒が、どうしても掃き出せなかった。給食に出たスープがあまりにもおいしくなくてお椀を前に途方に暮れていた。なのに世界は終らず、太陽は昇って沈んでをくり返すのだった。

両親は一人息子に優しかったが、仕事と家事に忙しかった。優しい合間に、父は母と私に手を上げた。優しいのではなく、優しいだけだったのだ。愛情はよそ見をせず、濁流のように注がれた。玩具と母の手料理で溢《あふ》れた家の中、私はいつまでも生きてゆかなければならないのだった。それを破ろうとしたのだろう、突然玩具を投げたり引っ張ったりもしたが、恐竜やロボットやスポーツカーは頑丈で、やっと壊れた途端、私は泣いた。夏休みの課題の絵日記を、うまく描けたうまく描けたと思いながら、色鉛筆の両親を破り捨てた。教師には、下手くそな絵だったので我慢出来ずにこうしてしまいましたと言い、下手でもいいのにと頭を撫《な》でられ、気持が悪くなってその場で吐いた。教師は素早くよけた。私はあとで掃除をさせられた。

蒸し暑い夜、怖い夢で大声を上げながら目を覚ますと、母がすかさず麦茶を持ってきてくれた。なんの夢かは思い出せなかった。

夏でも冬でも算数の問題は解けなかった。放課後の居残りを命じた教師は、いくら教えてもうまく筆算出来ないために根負けして、もういいから、と促した。帰りかけて何か忘れたような気がし、振り向くと、自分の席にはまだ自分が座って問題を解こうとしているのだった。私は私を捨てて逃げ出した。分らない問題は友だちに訊《き》けよ、と教師の声が追いかけてきた。教師自身は追ってこようとしなかった。

五年生、六年生と進んでゆくにつれ、体調に関係なく、時々学校を休むようになった。父は何も言わず、母も、少しもいやな顔をせず学校に電話してくれた。夜、お前が甘やかすのが悪い、と言って父が母の頬を叩《たた》くのが聞えた。それでも母は変らなかった。

私は家でも学校でも、本を読む時間が増えていた。頁《ページ》に没頭している間はよかったが、ふと目を上げると、世界は消えておらず、全部もとのままだった。両親もあい変らず、私に対しては綿菓子みたいに甘かった。それのどこがいけないのか、親が優しいのはいいことじゃないか、父親が母親を打《ぶ》つのは別に珍しくもない、と人は思うだろうか。もっと小さかった頃に祭の夜店で買ってもらった綿菓子は、ちょっとの間に萎《しぼ》んでしまったものだった。私の家は、いつまで経《た》っても消えずに甘い綿菓子だった。

勿論《もちろん》、当時の私が両親をはっきりと永遠の綿菓子に見立てていたわけではない。世界が消えないからといって消えろ消えろと念じたり、地球の機関部に爆薬をしかけようとしたのでもない。

「そんなところにそんなものをしかけるとしたら、お前じゃなく俺の仕事だろうな。」

あとであいつがそう言った。いつの間にか溶けてなくなる両親とか、髑髏《どくろ》印のダイナマイトで吹っ飛ばされる地球なんか、期待したってどうしようもないのだ。

時間がのろのろと、確実に過ぎていった。体が大きくなった。精通があった。街にいくつかある小さな本屋を、時間に負けない鈍い足取りで巡回するくらいしか、やることはなかった。


つまらない世界を背負って中学生になり、理由なく休もうとはしなくなった。

何度も死を考えた。

原因？　たぶん、十代だったからだ。他には、他には、そうだ、小学生の頃、物置と石垣の間から見上げた雲が、遠い原因かもしれない。でなければ、教室で椅子を引く時のぎいぎいの音が、私の心と体に悪く影響したのかもしれない。これはかなり有力な説と言えそうだ。スチール製の椅子の灰色の脚が、ところどころタイルの剝がれた床にこすれるぎいぎいというありふれた叫びを毎日毎日聞いているうちに、頭がどうにかなってしまったのかもしれない。黒板にチョークで書かれる、おそらくは世界を構築するための部品であろう文字や数式、英単語や、何々の合戦の年号も、世界がばらばらになる日を夢見ている自分にとっては、椅子と床が立てる声と変らない代物だった。

中一のある日、弁当に梅干が入っていなかった。母が必ず入れはするものの別に好物ではないし、ないならないで、ただそれだけのことだ。そこに何かの意味が見出せるわけでもない。

ただ、詰められた飯の真ん中あたりには、蓋を開けるなり誰かに素早く食べられてしまったかのように、円形で薄紅色のへこみが残っていたのだ。母が間違いなくそこに一度梅干を乗せた。そのあとで、やっぱりいらない、と今日に限って判断したとは思えない。乗せたあとで梅干の表面に異常を発見したために取り出し、時間に追われる朝の台所で、代りを入れ忘れたまま蓋をしてしまったのだろうか。だからどうだというのでもない。梅干には防腐剤の役目もあるというが、弁当がいやなにおいになっているのでもない。だが、そこにある筈《はず》の、一度は置かれたであろうそのちっぽけな紅《あか》い食べ物が、何か私に、よくない感覚として響いてきたのだ。母のわずかな失敗。弁当の不完全。好きでもないのに、紅い跡だけ残してそれが姿を消していると分った瞬間、とんでもなく情ない気分になった。そして、母が恋しいのか自分自身が悲しいのか、それともこれまで辿《たど》ってきた、どこにも目標や将来の夢や行く当ての見つからない人生が一丁前に虚しく感じられたためか、紅い空白を見つめている視界がぼやけ、泣き出してしまったのだ。自分でも信じられなかった。

弁当箱を開けるなり涙を流すというぞっとしない芸を披露した同級生に対するクラス中

の驚きやからかい、本気の心配、といった対応が私をさらによくない方向へ押し出してしまったのだろう、その日、教室の掃除の最中にベランダで、この三階から飛び降りたらどうなるのか、と想像した。死に方は、黒板には書かれない。誰も教えてはくれない。死んだ人間の体験談はどこにも出ていない。

ベランダの手すりを撫でる。結局は、何もかも梅干のせいらしい。そんなばかなことがあるか、と言い聞かせてみても、他に原因は見つからない。やっと世界がなくなってくれたのかと思ったら、消えたのは、たった一粒だったということ。つまり、原因はやっぱり不明だということ。

だいたい月に一回くらい。

遮断機の下りた踏切。赤信号の横断歩道。三階より上の、音楽室や図書室。紐《ひも》、コード。無防備な刃物。この儀式は、原因不明をいいことにすっかり習慣となった。

要は、誰もがたいてい十代で経験する、自分は周りのやつらとは全然違う特別な人間なのだ、というあの考え方に、私も取り憑《つ》かれていたのだろう。平然と、ウジャウジャと生きているこいつらとは違う。何がどう違うか？　なんでわざわざそんなことを考えなきゃならない。ゲームと漫画の話しかしないこいつらとは違う。野球選手のフォームをどれだけ正確に再現出来るかを小学生のように競い合っているやつらも、そういう男子をせせら笑ってやっぱり自分は周りとひと味違うと信じていて大人になること以外能のなさそうな女子たちも、それぞれの体臭を発散し始めた成長途上の人間の群を見下ろして満足している教師たちも、絶対にこの自分を上回れはしない。一つには、ゲームや漫画ではなく本が好きだということもある。同じクラスのいわゆる番長連中が、本を読む私の頭を小突いても、反撃なんかしない。怖いからじゃない、怖いからじゃない、怖いからじゃない。頭の悪いやつらを相手にしたって仕方ないからだ、仕方ないからだ、仕方ないからだ。小突かせてやっているのだ。堂々と本を読んでいる自分を、こいつらも、誰しもが、羨ましがっているのだ。

だが、誰も自分に追いつけない根本的な理由は他にある。

それは、自分が、自殺するからだよ。

私は確かに、つまらない世界を勝ち抜く秘策として、この自殺という文字通りの必殺技を自覚した時、するからだよ、と心の中だけでなく実際に口に出していたらしい。

「何こいつ、気持わるー。」

「何々、田中がなんつったの。」

「もういっぺん言ってみろよ。おら、どうした、人が頼んでんだからやれよ、もういっぺんだよ、おら。」

「……自殺、するから、だよ。」

それから暫くの間、ほとんど一生分に感じられるほどの暫くの間、するからだよ、するからだよ、だよ、だよ、とクラスの中ではやった。時に単発、時に合唱となる声音に、私は脅《おびや》かされているのには違いないのに、どうしたわけでか、だよ、だよ、とくり返す同級生に唱和する恰好《かっこう》で、目を合せながら、

「だよ。」と呟いてみたりする。すると相手は、何、見てんだ、おら、と机を蹴る。そいつの目が明らかに怯《おび》えている。怯えが増すにつれて蹴り方が強くなる。私はもう一度、だよ、とやっておいてから、今度はそこに笑顔をつけ足す。向うはかわいそうなほど動揺し、獣が、毒を持つ爬虫類《はちゆうるい》を慎重に避けて通るように、後退してゆく。自分が言った、だよ、に気分がよくなる。気持悪いやつだと見られて嬉《うれ》しくなる。

間もなく、孤立した。

通学路の途中にある古く大きなビルに、私の意識は向くようになった。正確には、そこでのことを思い出したのだ。

以前のここは、一階が倉庫のような使われ方で、軽トラックが出入りし、二、三階は小さな事務所や、美容室、学習塾、写真館などが入っていて、その上はマンション、というか古い集合住宅、だった。

小学生の頃、ここに住んでいる女の子が好きだった。世界が消えてなくなればいいけど、

そんなことはどうせ起りっこない、とつまらない知識を身につけ始めていた私にとって唯一、世界はこのままでいいのかもしれない、と思わせてくれる存在だった。猫みたいに大きな吊目で、笑ったり怒ったりに合せて上下の目蓋《まぶた》が素早く伸び縮みし、無限に表情が変った。どこかぼんやりと遠くを見ている顔が一番好きだった。そういう時の方が、複雑に変化する顔よりもかえってたくさんの色を湛《たた》え、一瞬宿った鮮かな輝きはあっという間に失われて、戻ってこない。しかも目はずっと一点に据えられているのだ。彼女の両親はこのビルではなく外へ勤めに出ていて、他の友だちと一緒に遊びに行っても、顔を見たことはなかった。まるで女の子一人だけで住んでいるようだった。部屋には家族を思わせるものはなかった。写真も見た記憶はない。私と同じ一人っ子だった。

広々としたビルの中は、子どもたちにとっては丁度いい遊び場だった。エレベーターはなく、ただ階段を闇雲に上り下りしたり、あまりうるさくするので、入っている店舗の主人に怒鳴られ、追いかけ回されたりした。

ビルには猫が何匹か住みつき、住人たちに餌を貰《もら》って歩いていた。白黒のまだらだけは誰にもなつかず、触れさせなかった。

遊んでいる最中、どうかした拍子に、広く薄暗い踊り場で彼女と二人切りになったことがある。私が一人で会いに行ったとは考えられないから、来る筈の友だちを待っていたか、それとも邪魔な連中を撒いて二人だけになったのか。だとしてもやはり自分にそんな大胆な行動は無理だから、彼女の言いなりだった可能性はある。確かにそうだったろうと思えるのは、彼女があるささやかな提案をした、と覚えているからだ。

屋上に行ってみようか、と言ったのだ。好きな女の子から持ちかけられて舞い上がり、私はついていった。だが、屋上は普段、立入禁止だった。ビル内の店主たちも、商売を妨害される時に劣らぬ剣幕で、危ないぞ、どうなっても知らんぞ、と叱るのだ。直前までは行ってみたが、扉はいつも鍵がかかっていた。私たちは、大昔の処刑場が血の跡とともに残されているのだとか、殺され損なった犯罪者がいまもたった一人生き延びていて、ビルの人たちがまるで猫と同じように時々食べ物を持っていってやる、それがバレないように、絶対に行くなと言うのだ、と競って話を作り上げた。

田中、どう思う、と訊かれて、私は咄嗟《とっさ》に、屋上には死神が住んでいる、というより空から時々舞い降りてきては生きた人間を探している、もし死神と鉢合せしたら命を取られてしまう、と適当に答えたりした。

その屋上に、行こうと言う。怖い？　そう言ってからかうように笑う。私は、怖い、どうせ鍵かかってる、と答える。今日は、開いてるかもしれない、と彼女が今度は笑わずに言う。どこかで猫が鳴いた。

遊び慣れているビルの階段が、その日はひどく長く感じられた。上っても上っても終らなかった。店舗や住居の階を越え、まるで階段だけがどこまでも続いているみたいだった。壁についた染みが外の光に浮び上がっては消える。冷えた。彼女は先に立ち、速度を落さなかった。私は遅れかけ、息が切れ、声が漏れた。彼女も息は荒くなっていたが足取りは確かだった。私はふと考えた。彼女は実際に屋上に出てみたことがあるのではなかろうか。そこに何があるのか知っていて、それを見せたいのではないか。その何かはみんなの想像通りすごく怖いもので、もう一度見てはみたいが一人だと自信がない、それで自分を道づれに選んだのではないのか。

また猫が鳴いて、いつの間にか階段が終り、前には大きな鉄の扉があった。

彼女は薄暗がりの中で私をひと睨《にら》みすると、銀色に鈍く光っているノブに手をかけた。開かない、と小さく言った。私が代って捻《ね》じろうとしたが、びくともしない。両掌を被《かぶ》せて、体重を預けても、結局無駄だった。とてつもなく大きな力を持った何者かが向う側から扉を押えつけ、私たちを拒絶しているかと思えた。同時に、その力の大きな誰かは、強いくせに子ども二人にさえ姿を見られるのが怖いのだ、とも感じられた。

扉の前で私は、屋上、行ったことあるの、と訊いた。

「うん。」

「何があるの。」

「見れば分るんだけど、開かないね。」

「教えて、何を見たの。なんか、怖いもの？」

女の子は答えずに、もう一度ノブを握った。無理に回そうとするのとは違い、まるで握手するみたいな手つきだった。

「行こ。」

そう言うと、来た時と同じ猛烈な足取りで階段を下ってゆく。慌ててあとを追った。足音が高く響いて、その音に自分自身が追いかけられた。もう一人別の人物、ではなく人の形をしていない足音だけの誰かが追ってきていたのかもしれない……

不思議なことに、その後、そのビルで遊んだ記憶はない。どころかそれ以降の、女の子の記憶そのものがすっぽりと抜け落ちているのだ。学校で一緒に授業を受けたり、ビル以外の場所で遊んだり、ということもどうやらなかったようだ。あの日からあとの女の子の姿が、あいまいなのではなく、全く記憶に残っていないと言った方がいい。彼女が転校していったという覚えもない。まるであの頃、あのビルの中だけで会っていたかのようだ。取分け、二人切りで扉を開けようとしたが屋上には出られなかったあの寒い日のためだけに、彼女が存在したかのようだ。そうなると、猫がいたかどうかも、怪しくなってくる。だが、鳴き声は覚えていた。

中二になり、孤立していた私は、登下校の途中にあるそのビルを、再び意識するようになった。なぜかは分らない。分っている気もするが、それがなんなのか、意識するのはいやだった。なのにビルは、私を誘っていた。ビルの前を通るのはこちらなのに、ビルの方が私に近づいてくる、と錯覚した。何も考えておらず何も喋《しゃべ》らないビルに、確かに意思がある。意思のある何者かがそこにいる。たぶん、屋上だ。あの頃からずっと、なんで扉を壊してでも屋上にやってこないのだ、お前はいままで何をやっていたのだ、と促している。唆《そそのか》している。

あの女の子はたぶんもうこのビルにはいないし、記憶の混乱具合からすると、彼女とここで遊んだこと、あの女の子がここに住んでいたかどうかさえ、いまは疑わしい。私自身が、このビルにいまも誰かがいて自分が来るのを待っている、と勝手に思い込んでいるのだ。

登校する時は、とにかく遅刻しないようにしなければならないのだ、たかが建物一つに構っている暇はない、と通り過ぎればいい。ところが、特に部活動もしていない孤立した私には放課後があり余っている。その宙ぶらりんなままビルの前まで帰ってくると、やはり屋上から誰かに見下ろされ、誘い込まれるようで怖かった。時々は道を変えもした。同じ方向に住んでいる同級生たちは怪しんだが、孤立が様になり始めていたこともあって、深く追及されはしなかった。

ところが、とうとう妙なことが起ってしまった。濃い雲に覆われた日。こんな天気はビルがいっそう怖くなる。行きはそちらを見ずになんとか通り過ぎ、帰りは例によって校門を出た時点でわざわざ遠回りを選んだ。いつもの道ならガード下、こちらからだと踏切で線路を越えることになる。

ランプの点滅、音、遮断機。列車がやってくる。死への衝動、とは違う何か。いつもより長く待たされた気がした。

最後の車両が通過する。音がやみ、遮断機が上がる。徒歩や、自転車で渡る人たちに混じって、しかし私は足を止めた。

線路の向う側に、ある筈のないあのビルが、古びた外観のままに聳《そび》え立っているのだ。こんなばかなことがあるだろうか。そこにはいつもなら、銀行、いや違う、郵便局があった筈。いや待て、それも違う、そうだ、何かの病院、でなければ、小さな魚屋だっただろうか。変だ、思い出せない。これだと、もとからそこにビルがあったと認めてしまうことになる！　道行く人たちは特に不思議がる様子もない。妙だと思っているのは自分一人だ。

私は息を詰め、ほとんど走るように通り過ぎ、足を止め、振り向うとしてやめた。ビルがあればあったで奇妙な現象が続いていることになるし、消えていれば消えていたで、こんなに怖いこともない……

次の日から、回り道をやめた。あれはいっときの見間違いか、でなければ夢の中の出来事を現実の世界と混同しているだけ、の筈だが、どちらにしてもひどく恐ろしいので、ビルを一か所にいわば固定しておくために、最短距離の通学路に戻したのだ。その結果、ビルは当然ながらいつもの場所で、巨大な無言のうちに、私を誘った。

両親、には相談出来なかった。父は成績を、母は弁当をきちんと食べたかどうかを気にしていた。移動するビルの話など信じるわけがない。

生れて初めて、眠れないと感じるようになった。ただでさえついてゆけなくなっていた数学や英語の授業は、ほとんどなんの教科なのかさえ分らないありさまだった。二学期の中間テストが極端に悪かったので、担任教師は心配した。ビルのせいで、とはやっぱり言えなかった。

数学の答案を見せると父は一瞬、理解しがたいものを目にしている、という顔つきになり、その後、顎を重々しく引くと、勉強がいかに大切なのかを、自らの大学、社会人経験に沿って、いつにも増して熱心に、決して声を大きくはせず丁寧に、話して聞かせた。最後に、体の具合が悪いわけじゃないな、無理するのはよくない、と言った。学歴を身につけて何不自由ない暮しを手に入れた自分のようにはなれそうにない、とでも考えていただろうか。

母は、父の説教に一言も口を挟まなかった。そういう日でも夕食はおいしかった。

朝まで眠れなかった私は、強く、死の決意をした。

通学路。ビル。

これまでになく強い何かを感じる。はっきり話しかけられた気がする。そのまま学校へ向った。

……授業中、大げさに言えば生きた心地もなかった。さっき、ビルの前でひときわ強く感じたものは、いったいなんなのだろう。ビルにいる誰かに、何かを、間違いなく話しかけられた。はっきりした言葉よりももっとはっきりしたそれを、自分は受け取ってしまった……

私の前で、各教科の授業が、勝手に展開されては撤収、がくり返され、ビルばかりか学校の時計にも巧妙な細工がしてあるかのように、あっという間の放課のチャイム。部活動へ向う者、何人か連れで帰途につく者、そのまま塾へ行く者。

私は一人、しかしいやいやではなく、何がなんでもあのビルの前を通らなければと決め、わざと強い調子で歩いていった。ガードを潜り、いつもなら反対側の歩道だが、最初からビルの側を選んだ。

近づきながら、見上げる。人が住んでいるのは、いくつかぶら下がっている洗濯物でかろうじて知れるが、誰の気配も、声もない。あの頃の店舗のいくつかはとうに消えたらしく、看板が減っている。

足が止ったのは、何か聞えたからではない。車も、荷物らしいものもない一階の倉庫。その柱の陰に何かが逃げ込んだのだ。息を整える。

こういう時は、前に進んでみよう。足を踏み出し、倉庫へ向ってゆく。これほどはっきりした意思で、しかも恐怖を押えつけながら歩いてゆくのは、初めてだっただろう。そこに何がいるのか、何が待っているのか分らない。どこかで、何もいないでくれと祈っている。足は止めない。

柱の陰から白いものが、意外にのっそりと出てきた。だがそれは白一色ではない、黒とまだらになった、一匹の猫だった。


何匹かいた中で、誰にもなつかなかったあの猫だけが、いまも生きているのか。それとも、体の模様を受け継いだ子どもだろうか。

私を見た。柱の陰に消える。

あの時の、彼女の目を思い出す。屋上につながる扉の前まで辿り着き、睨むように私を見た。ノブに手をかける直前だった。どうせ開くわけがないと、彼女だって思っていた筈だが、それでも開けようとした。結局は開かなかったが、開けようとはしたのだ。

猫が隠れた柱に向って歩く。自分に何かの意思があるのが分った。どんな動機の、何を目的とした意思かは見当もつかないのに、自分で自分に興奮していた。

柱を回り込む。何もいない。

あたりを見回した、その目の動きに合せるように、このビルそのものが向うから現れてきたのと同じく、上へ向う階段がたったいまそこに、確かに出現する。自分のためだけの階段。そうじゃない階段なんか、あるわけがない。

声がする。あの女の子ではなく、猫でもない。呼んでいる。呼ばれている。自分が勝手にそう思っているだけかもしれない。声なんて本当は聞えていなくて、ビルだって、階段だって、急に現れたのではないかもしれない。かもしれないいんじゃない、錯覚しているのに決っている。ビルや階段が瞬間移動なんかするわけない。そんな、奇妙で不思議議でとてつもなく面白いことなんか、この世に生きている限り、起るわけがない。世界はうんざりするほどつまらなくて、いやなことだらけだ。だからこそ、死にたがってるんじゃないか。

でも、声が聞えたのは間違いない。聞えたことに、してしまおう。つまらない世界に、頼んでもいない階段が、せっかく現れてくれたのだから。

上った。あの時と同じで、上っても上っても終らなかった。足音と階段以外、何もなかった。終らないからといって止ろうとは思わなかった。一度上り始めたのだから、上り続けるしかないのだ。理由なんかない。でも、止ったら、きっと負けだ。何もかもが駄目になってしまう。無意味になってしまう。

急に、いつかテレビで放送されていた『激突！』という映画を思い出す。男が運転する乗用車が、お化けみたいに大きなタンクローリーに追いかけ回される話。延々と、追って、追われるだけのその二台は、世界に存在しているたった二つのものであり、この攻防戦は、宇宙で起っているたった一つの出来事であり、他の街や物や人は、すっかり消えてしまっているんじゃないのか、と感じたのだった。

だったら、何が、だったらなのかはよく分らないが、いまの自分も、誰かから追われているのかもしれないのだから、止るわけにはゆかない。誰かって、さっき聞えた、かもしれない声の主だろうか。あの声は、追ってくるのではなく、呼んでいたんじゃないのか？呼びながら追ってくる、呼ばれながら追われ、呼ばれた声に反応して上ってゆく。自分は、どこにいる？ ここ、いま上っている階段のここにいて、どんどん上っていって、どんどんここに辿り着いて、また次の段、次の踊り場、次のここ、ここを通り過ぎたらまたここ、ここから、出てゆけるのか。出てゆく？ 死ぬ？

大きな鉄の扉の前に立っていた。誰もいない。女の子も、猫もいない。さっきの声だって聞えない。呼ばれたと錯覚してここまで来たが、扉の向うには誰もいないに違いない。そこにはただ、つまらない世界の続きが待っているだけだ。

でも、ひょっとして、今度こそ何かが、待っているかもしれない。何百回、開けたとしても、誰もいないに決っている扉の向うに、何百分の一が駄目なら、千分の一、万分の一の確率で、誰かがいてくれるかもしれないじゃないか。

じゃあ誰がいる？　何があるんだ、説明してみろよ。お前の人生には何もないじゃないか。あとは死んでくだけだろ。

間違いなくそう聞えた、気がした。

ノブに手をかけ、回す、が、すぐに引っかかって動かなくなる。

「やっぱり駄目だよ、な？」

回る、絶対に回る、回る、開く。あの時は開かなかったが、今度こそ。

向う側から誰かがふっと力を貸してくれたように、回って、開いた。

屋上に、踏み出す。処刑場？　死に損ないの犯罪者？

「頼むよ、ええ？　階段上ってここまで来るのに何年かかってんだよ。」

さっきの声がすぐ近くで言うのに、誰の姿も見えない。

「こっちなんだけど。」

斜めうしろ。

上下黒ずくめの男が立っている。屋上を囲む鉄柵の上端の、角のところに。

「さあてと、これで漸《ようや》く仕事が出来るわけだ。」

ここまでも十分に信じられなかったが、このあとの展開は、その後に起るさらにいろいろな出来事にも増して、全ての始まりという点でダントツに信じられない光景になった。

立てる筈のないところに立っていた男が、私のいる屋上の、黴《かび》だか垢《あか》だか苔《こけ》だかで黒ずんだコンクリートに下りてきたのだが、不恰好に柵にしがみつきながら、ではない。

宙に浮いた。十数年の人生で、人間の体が、手品や機械といった助けなしに、また体操競技やフィギュアスケートのジャンプや何か以外で空中に浮ぶのを、初めて見た。しかも、勢いをつけて跳んだのではなく、ゆっくりと浮き上がり、完全に一度、空中で静止したのだ。

そこから、やはり誰にも助けてもらわずに、男は着地した。夢を見ている最中に夢だなと気づく、これはそういうことなのだろう、と思う傍から夢でないと分る。だが、この時の私は驚くより不思議がるより、もっと強い感覚に囚《とら》われていた。それは、信じられない行動も佇《たたず》まいも、男の全部が、とにかく恰好いいということだった。

シャツもズボンも、膝まで届く上着も、全部黒。だが緩く波打っている長めの髪は、ところどころに、束になって白い部分がある。そうだ、あの猫……

「で、どう？　びっくりしたか。びっくりを堪能したか。」

華奢《きやしや》な体つきからは想像出来ない力強く低い声で訊かれ、びっくりというより恰好いいんだけど、と言うのもなんだか変な気がし、びっくりしたのは本当だったので、とりあえず頷《うなず》いておく。

「なんだよ。そういう時は、ほんとにびっくりしてても、我慢して、首、振るもんなんじゃないのか、人間の、特に男は。」

この時になって、私は突然寒くなり、おまけに冷えた体に吐き気が上ってきたが、げえっという声以外、口からは何も出なかった。

「うんうん、体があるってのは全く面倒なもんだよな。俺に会うとだいたいのやつはそんな感じだ。小便漏らしてないだけましだよ。見たとこ、腰も抜かしてないし、わめき散らすんでもない。なかなかいい線、行ってる。なんたってさ、びっくりはしても心臓は止ってないんだから、いまのところこっちの仕事に支障はない、と。」

仕事？　さっきもそう言ったが、こんなところでなんの仕事だ。会社員か、公務員か、それとも何か違法な？　だいたいこいつは、猫だろ。なのにいまは人間の姿になって、しかも宙に浮くなんていう、全然人間らしくない真似しやがって、その上、仕事だって？

「あー、はいはい、そういう顔ね。たいていそうなるんだよね。しょうがないと言えばしょうがないよな、こんな、」と両腕を気障《きざ》ったらしく広げて、「俺を見ちゃった日にはなあ。俺は俺でこれがいつもの姿で、いつものやり方なわけだけど。さて、さっさと仕事を終らせたいんだけどなあ。早くしてくれないか。」

何をしろっていうんだ。

「早めにやっちゃってほしいんだよ。お前、ここに、死ににきたんだろうが。」

「は？」

「お、声は出るんだな。一応は生きてる証拠だ。残念だけど、そんな証拠、出されても、俺にしてみればなんの役にも立たない。ほら、柵、よじ登って、さっさとやったらどうだ。」

どうやら、やっぱり、夢の中らしい。

「お前、なんでわざわざこんなとこまで来てるんだ。俺に会うためか。じゃないよな。なんとか言ったらどうだ。さっきから、は？　しか言ってないぞ。」

その前に、吐こうとして、げえってやりましたけど、とは言わずに、

「……あんたが、案内――」

「死神。」

「……」

「だから、あんたじゃなくて、死神が、俺の名前だから。」

「死、神さんが……」

「さんづけで呼ばれたのは初めてだけど、まあ人間の世界の基準に照らし合せれば俺の方が年上の見てくれだからな、その方が呼びやすいんなら構わないよ。」

三十くらいに見えた。

「質問に答えてないぞ。」

「あ、だから、僕がここに来たのは、その、死神さんが、死神さんてほんとに呼んでいいのか分らないけど死神さんが、案内したからで、だから……」

男、ではなく死神は、はいはいはい、と投げやりに呟きながら頷くと、

「猫ね、猫。そんなものに化けてみたって面白くもなんともないけど、ああでもしないと、お前をここまで連れてくるのは無理だったんでね。」

「僕はここで、死神さんに、殺されるんですか。」

自分の言葉の意味がよく分り、逆になんでそんなことを言わなければならないのかはよく分らなかった。

「んー、おしい。死神だから人間を殺す、はちょっと短絡的、というか死神っていう呼び名を人間界の不吉な出来事に結びつけてるだけだな。俺たちは別に、人間の首を絞めたり、刃物を突き刺したり、一服盛ったり、そんな手の込んだ、面倒なやり方はしない。しなくていい。俺たちは、殺しはしない。ただ、担当するやつの死期が近づいたら目を離さないようにして最期を見届けるだけだ。」

よく分らないので黙っていると、その私の状態も含めてこういう時の対処は何もかもよく心得ているらしく、

「担当っつったけど、まだなんの気配もないやつに最初から張りつくわけじゃない。そいつが弱ってきて、そろそろおしまいになりそうって時が出番ということになる。お前の場合は、ガキの頃からそういうにおいを漂わせてた。覚えてるだろ、いまいるこの場所に死神が降りてくる、鉢合せしたら命を取られる、自分でそう言っただろ。それから、なんつ

ったって、あれだ、自殺するからだよ。だよ、な？　お前の方から俺に近づいてきたようなもんじゃないか。猫なんぞに化けたのはあくまで御膳立て、ここにつれてくるためだ。最終的にはお前が決めて、お前の手で実行する。俺が唆したのは間違いないけど、根本的にはお前の意思だ。」

「意思って……」

「そうだ、意思だよ。お前はここに、死ぬために来たんだろ。おっと待った、そんなことない、あんたが誘導したからだ、たったいま唆したって言ったじゃないか、なんてほざくなよ。自殺のやつはだいたいそれだ。死のうとしてるくせに、俺たち専門家に図星指されると、そんな筈あるかってふんぞり返る。じゃあ訊くが、お前はいったいなんのためにここまで上ってきた？」

「このビルで、小学生の頃、遊んだことがあって……」

「最初に猫に化けてやった、あの頃な。それから、あの女の子、女の子……記憶と猫を辿ってここまで来た、と言いたいんだろうが、逆だ。その頃からお前は、この世がちらちらといやになり始めてた。ま、あの親父さんとお袋さんじゃな、お前がそうなるのも無理はない。その点は、憐れみは禁物だけど、形だけ、同情しといてやるよ。お、一丁前に怒ってるな。あんな親でも悪口言われりゃ、腹、立つのか。それでと、この世がいや、という新芽がお前の内側に生えた時点で俺の仕事も決ったというわけだ。だからあの時、猫になって誘ってはみたんだけど、いくらなんでも早過ぎた。お前の中では、死の願望がまだ十分には育ってなかった。それに、あの子が一緒だったからな。言っとくが、あの子は俺の企みでもなんでもない。あの子の本心から出た行動だ……いやほんとだって。俺たちは、いいかこれだけは忘れるな、死神は、絶対に、人間を操ることは出来ない。操ってはならない。その決りをもし破れば、俺が、俺じゃいられなくなる。で、どうだ、ここまでの話は理解出来てる、わけないか。一方的にまくし立ててすまないけど、一応、仕事なもんで。」

そう言って本当にすまなそうに眉を曇らせ、口許には素直な笑いが浮ぶ。青白く、細い頬。

「なんだよ、笑いやがって。死にたがりのくせしてよ。」

言われて、自分も頬を緩めていたと気づく。笑いを引っ込めて、

「僕はここで、死なないといけないんですか。」

「いずれそうなるが、それがいつかは分らない。場所もここと限らない。気が向いた時でいい。正確に言えば、気が向く時がいずれ必ず来る。いまやりたいんならやればいいし、いやなら無理することはない。俺は、こいつそろそろかなと思ってきっかけの猫になっただけ。」

「このビルが、ある筈がない場所に出てきたりするのも、あんたの力？」

「分ってると思うが、ビルをほんとに動かせるわけじゃない。お前の記憶を利用してちょ

っとした幻覚を御覧頂いたまでだ。どうやら今日はこのあたりでお開きにしといた方がよさそうだな。」

「今日、僕は死なずにすむんですね。」

「お前しだいだ。帰りがけにやりたくなりゃ、やってもいい。俺はちゃんと見ててやる。他、訊きたいことは。」

「猫のあと、なんでわざわざ人間の姿で出てきたんですか。」

「それもまた逆。お前の死の願望が強まってきたから俺の姿が見えてる。つまりこれが、」とまた腕を気障に広げ、「俺のほんとの姿形というわけだ。他には。」

訊きたいことだらけで、何から訊けばいいか迷い、何も訊きたくない気分になったので黙っていると、

「はーん、やっぱりお前はそっちの部類だな。取り乱してわめき散らすか、冷静に考えようとするか、だいたいこの二つのパターンがあって、そこからまたいくつにも枝分れするんだけど、大まかに言ってお前は後者。」

「僕は、他の死に方は出来ないんですか。」

脚を全く動かさず、滑るように近づき、凍った顔で、

「出来ない。」

痩せた頰に皺《しわ》が寄り、歯を見せて笑う。目は真っすぐこちらに刺さる。私はなぜか、死

神がまだ何か言うのではないかと身構えた。いいことか悪いことか分からないが、言うべきことが残っている。

そんな目だと思うと、こちらから言いたくなって、

「僕はもう、生きられない？　生きてちゃいけないんですか？」

泣きそうになった弾みに、続けてとんでもないことが口をついて出た。

「僕は将来、作家になろうと思ってるんだけど、なれませんか。なっちゃいけませんか。なれずに死なないといけないんですか。本を読むことなら好きです。他に何も好きじゃありません。せっかく夢が見つかったのに、駄目なんですか。」

死神はいっそう顔を近づけた。嘘《うそ》がばれたのか。

ここでもやはり言いたいことはあるけど言わないぞ、の感じでいたずらっぽく笑い、

「ほー。そりゃまたずいぶんと御大層な夢で結構なことだ。どうなることか楽しみだな。」

「それじゃ――」

「言ったよな。俺がお前を殺すんじゃない、お前自身の意思で死ぬ。作家になるから生きられて夢が叶《かな》わなければ絶望して死ぬ、というわけでもない。何を考えて、どんな人生を歩もうが、自殺という死に方からは絶対に逃れられない。逃れる必要もない。お前の意思、なんだからな。」

途端に消え、強い風が吹きつけ、屋上に一人だった。夕闇だった。

階段につながる鉄の扉の前に立った時、また開かないのではないか、ここに置き去りにされるのではないかと怖かった。

だが開いた。

駆け下りる自分一人の足音。猫はいなかった。


困ったことになった。時も場所も関係なく、現れるのだ。

最初は通学路、あのビルの前だった。電柱に凭《もた》れて、猫というより狐《きつね》みたいな目でにたにたしている。

「よお、まだかあ。俺、こう見えてけっこう忙しいんだけどな。」

その時はただ、人がたくさんいるところにいやがらせで出てきたんだな、黒ずくめの妙なやつにつきまとわれているかわいそうな中学生に仕立て上げるつもりだな、と早合点したが、通行人が死神に気づいている様子はない。自分一人にだけ見え、聞えているのだ。

食卓の周りをうろつきながら、

「なんとも豪勢なもんだよなあ。お袋さんは、親父さんにブン殴られながら家族に至れり尽せりとは、泣かせるじゃないか。これだけ滅私奉公してるのに、その親心も無視して息子が最悪の親不孝をしようとしてるなんて、人間界の愛情ってのは全く虚しくて、その分、尊いもんだよな、え？」

どこ見てるんだお前、と父に言われて意識を引き戻される。あいつは、もう消えている。どうやらそっちばかり気にして、親たちから見れば何もない空中を、睨みつけてしまっていたらしい。

お前、この頃、いよいよ変だぞ、集中してないぞ、食べる時は食べる、勉強する時は勉強する、分ったか。見事に威厳たっぷりの声で、ありがたい説教を垂れる父。お父さんの言う通り、ね、お父さんの言う通り、分るよね、と息子ではなく、父に向って許しを乞う口調の母。

死神がにたにたと現れる度に、同じような展開がくり返された。あまりに何度もなので、私に向って父の平手や拳骨が飛んできた。母は厳かなものを見る目つきで黙って震えている。父は母の前で私を打《ぶ》ち、私の見ていないところで母を打つのだった。

何も知らないのだ。とりあえずは期待をかけているらしい一人息子が、密かに死の願望を抱えていて、学校で孤立し、おまけに死神を名乗る、死神に違いない黒白二色の髪の怪しい男にところ構わずつきまとわれているなんて、両親は知りもしない。それは、親の責任ではない。何しろ、あいつの姿が見え、声が聞えるのは、自分以外にいないらしいのだから。

最初のうちは、食事中に父に気づかれてしまったように、死神を意識し過ぎて危うく周囲に気づかれそうに、いや見えていないのだから気づかれはしなくて、ただのおかしなやつになってしまう。授業中、教室のベランダにいるくらいならまだ無視も出来る。それだって、お前このくらいの高さから落ちて確実に目標達成、出来ると思ってんの、とでも言いたげな嫌味な笑顔ではあるのだが、さらに調子に乗ると、教室の中にぬけぬけと入り込み、窓に寄りかかって授業を聴いている。喋らないのならやり過せるが、他の生徒や教師に聞えないのをいいことに、大声を上げて欠伸《あくび》をしたり、机の傍にしゃがみ込んで同級生に、つまんないでしょ、こんな世の中、生きてたって意味ないでしょ、その気になったらいつでも面倒見てやるぜ、と抑揚もつけずに、退屈な時間を潰すついでみたいに、勧誘する。勿論、応じるやつなんかいないのだが。

全校集会で、本校の校風や、中学生らしい生活態度、果は人類の明るい未来についてや何かを、最近の社会情勢、政治の金権腐敗に強引に絡め、それこそ演説上手の政治家並みに得意気に、朗々と語る校長の前、マイクの載った演台の端に小器用に腰かけ、ここでも欠伸をしてみせたかと思うと、全生徒に聞える言葉に対して、一人にしか聞えない合の手を入れる。

「では、理不尽や不正が横行するこの世の中をどう生きてゆけばよいのか。」と校長。

「横に行くのが駄目なら縦はどうだ。」と死神。

「それは取りも直さず、皆さんの努力一つにかかっているのです。」

「二つ三つ努力すりゃいいだろ。」

「世の中が悪い、政治家が悪い、そう言いたいところを、ぐっと呑み込んでみましょう。」

「呑み込みが悪いねあんたも。」

「そうして、この理不尽な世の中で自分に何が出来るか、考えるのです。世の中の理不尽に屈するのではなく、理不尽を正すために、ほんの少しでいいので、努力してみることです。それこそが、生きる意味であり、証しとなるのです。」

「死ぬ意味と死んだ証しはどうなるんだよ。なあ、田中。」

　しかしこれもやはり、いちいち気にせずにどうにか無視してやり過せないことはない。どうだ、俺はお前にしか見えてないし聞えてないんだぞ、というデモンストレーションでしかない。やっかいなのは、周りに人がいるところで、すぐ傍に来て、まるで二人切りで会っているかのように話しかけられる時だ。

　教室で、黒板の前、教師のうしろをブラブラしているくらいならまだいいが、私の真横に立ち、暇潰しなのか、例によって仕事を早くすませるための戦略なのか、

「授業、かったるいよなあ。こんな世界、とっとと切り上げたらどうだ。ところでお前、好きな女はいないのか。いない？　つまんねえなあ。ま、だいたいお前自身が全然モテないしな。やっぱこの世はお前の居場所じゃないってことだよなあ……」

　たいていは視線もくれてやらずにやり過すのに、あれは中学三年の国語の授業中、大失敗してしまった。

宿題として、『枕草子』を手本に詩を書き、その中のいくつかを教師が選び、感想を出し合う、という、高校受験を控えたにしてはずいぶんのんびりした授業内容だった。他の生徒とは違うのだと、中学生なら誰でもが抱く自惚《うぬぼ》れに、例によって浸り切っていた私は、自分の詩が選ばれなかったことに、かなりはっきりと落ち込んでいて、それが顔にも出てしまっていたようだ。天井に張りつく、というか寝そべっていたあいつが、

「あー、だいぶ本気でがっかりしちゃってるな。お前、自分が書いたやつがこれよりうまいって、ほんとに言えんのか。」

教師が黒板に書いた中の一つは、新緑と紅葉を対比させた詩だった。秋の山は色づいて燃えているように見えるが、そんなものは見せかけの炎だ、山が本当に燃えるのは初夏だ、新緑こそが山を焼き尽す炎なのだ、という内容が簡潔に書かれていて、確かにうまく出来ていると思えた。

「お前がどんな詩、書いたか知らないけど、この分だと作家の夢は叶いそうにないな。夢は夢のまま終る方が美しい、人間特有の美学か。それもいいんじゃないか。俺に言わせれば志を貫徹出来ないやつのたわごとだがな。人間はいつもそうだ。何かを成し遂げられなかった時のために、美学を周到に準備しておく。結果が重要なんじゃなくて、目標に向って頑張る姿こそが尊く美しい、というわけだ。人間は美しくて悲しくて、笑える生き物だ。たった四十人しかいないこんな狭苦しい箱の中で一等賞取れないやつが作家だって？　笑

わせるなって言ってやりたいとこだがとても笑えたもんじゃない。いつか死ぬ、そのお前の選択は正しいよ。実現するわけない夢物語に縋《すが》って生きてみたってしょうがない。生れてきた価値、ないんだからなあ、え？」

……死神に向って大声で何か叫び、もう消えているあいつがまだ目の前にいると錯覚したのだろう、隣の女子生徒の頭部を拳で打ってしまい、周りから体を押えつけられた、までは覚えている。意識がはっきりしたのは保健室のベッドの上だった。養護教諭の話では、同級生につき添われて、一応歩いてここまで来たことは来たらしい。

そのままずっと、放課後まで横になったあと、国語の担当でもある担任の女性教師にわけを訊かれ、うとうとしてしまって変な夢を見ただけです、とどうにか切り抜けようとしたが、

「お母様から何か聞いた？」

「……」

母は、もう一か月も前に、学校に電話をかけてきて担任に打ち明けたのだという。この頃、息子の様子がどうも変だ、どこか一点をじいっと見つめていたり、食事中に突然腕を振り回して何か払いのけようとする仕種《しぐさ》をしたり、部屋にいる時や風呂に入っている時、ひとり言を呟いていたりもする、一度などいまトイレに入ったかと思うと、小便くらい一人

でさせてくれよ、だとか叫んでいた、親として大変情ないことだがどうすればいいか皆目見当がつかない、医者に診せた方がいいだろうかと夫婦間で相談もしているが、学校での息子はいったいどんな様子だろうか……

「お母様からそう言われてみると、先生の目にも、なんだか落着きがないように見えるのね。体の具合は最近どう？　それとも、何か心配事でも？」

鞄《かばん》を取りに教室に戻り、校門を出ていつもの道を歩く、その一歩一歩の感触は、騒動のあとの保健室までの道のりとは違ってひどくはっきりと感じられた。いつもの景色の中を歩く脚が重かった。息子本人には告げず、いきなり教師に助けを求める母も、そのことをいかにもあなたのためを思って言うのだけど、の悠然とした目つきで言う担任もいやだった。あの詩を選んで俺のを落しておいて、まだ足りないっていうのか。

ことがことだけに、担任は親に知らせたらしい。父は、金を持って先方に謝りに行った。

結局この件に関して父は私を打たず、母だけを打った。信じられないことに、父はなぜ殴らないかを、私に語って聞かせた。

「お前はこの家の一人息子だが、まだ一人立ちはしてない。一人前じゃない。そのお前がよその家に迷惑をかけたとなれば、この家の主人である父さんが他人に迷惑をかけたも同然だ。お前が父さんの顔に泥を塗ったというわけじゃない。お前に父さんの体面を潰す力なんかまだない。一人立ちもしてなくて、当り前だが結婚だって、お前にとってはまだまだ先の話だ。そんな人間に、父親の名前を汚すなんてことは出来ない。お前はただ、しくじっただけだ。年端《としは》もゆかない小さな子どもがお漏らしをした、それがたまたま他人にかかってしまったのと同じだ。その場合、子どもを叱ったって仕方がない。お前ではなく親である父さんの責任だ。いつも引っぱたいてるじゃないかって、お前は言いたいんだろう。丁度いい機会だ、いままでどんな時に叩かれてきたか、今回と比べてよく考えてみるといい。何事も勉強だ。教訓だ。考えようとしないやつは駄目だ。一人前の男にはなれない。」

私は私で信じられないことに、言われた通り、一応は考えてみようとした。勿論、ばかばかしくなって途中でやめた。考えても分るわけがない。父はただ打ちたいのだから打っているのだとしか思えない。思えないのではなく、人間が人間を打っているのだから間違いなくそうなのだ。打つ打たないの唯一の分れ目と呼べそうなのは、今回のように父の目の前で起きていなければ何もせず、逆に父の目の前で起きたこと、例えば食事中に現れた死神に私が気を取られているといった場合には反射的に手が出る、という点であり、ではなぜ目の前のことに限るのかといえば、そこに息子がいるからだ。父が作り、父が支え、父のためにあるらしいこの一家の中で、まだ一人立ちも出来ていない息子が目の前にいて、引っぱたきたくなるような妙な行動を、というより、目の前に出来損いの息子がいる、それだけで十分、打つ理由になる。母もそう。父の掌を頂戴してこその家族。仕方がない、仕方がない、これはもうどうしようもなく、仕方がない家族。あ、しまった、もう遅い。

「何を笑ってる。」

一発、で終ったと油断したところを、二発目。母もまた、少しも止らず順調に食事を続ける。父の説教、延長戦へ。静かな声を、静かに聞く。つまり何も聞いていない。それが、父にとっては、息子がおとなしく聞いていることになる。

厳かな夕食のあと、部屋に引き上げた私を待っていたあいつが、

「いやー、ごめんごめん、ほんとだったらパートナーであるお前を助けてやらなきゃならないとこなんだろうけど、取り憑いた人間を殺すのが禁じられているように、救助もしてはならない。人間の世界に負けないくらいこっちのルールも面倒だけど、逆に考えれば、殺す手間も助ける手間も省けるってもんだ。悪く思うな。で、言われてる間、どうだった？早く終ればいいのに、じゃないよな。糞親父《くそ》さっさと死んじまえ、でもない。お前は、そんなことをただ思ってみるだけの度胸もない。生れてこなきゃよかった、これも違う、というかおかしい。現にこうして生きてるのに生れてくるんじゃなかったなんて、そんな不合理に飛びつくほどお前はばかじゃない。間違えるなよ、別に褒めてるわけじゃないからな。それでと、生れてこなきゃよかった、がおかしいんだから、残る答は一つ……あ、これも断っとかないといけないが、俺たちは人間の心理が読めるわけじゃないし、お前に関してのの何もかもを把握してるわけでもない。例えばこないだの詩だよ、新緑が山を焼き尽

す、あれに勝てなかったお前の詩がどういうものだったかさえ俺は知らない。担当する人間のこと知らなくたって、この稼業にはなんの問題もない。」

「夏は……」

「ん？」

「夏は、いつの間にか秋に……」

「おいおい、朗読と来たもんだ。で、秋に？」

「夏はいつの間にか秋に、食べられてしまって、だから秋の紅葉は食べられてしまった夏が流した血の色で、秋が夏を食べ終ったらなんにもなくなって真っ白い雪が来て、やがて、やがて春に襲われてその白もなくなって、季節に色が、戻ってくる……」

「ほー、いくら自分が書いたものとはいえ、たかが学校の授業の課題をよくもそこまで覚えてられるもんだな。夏が、秋に食べられる、か。赤い紅葉が血の色ってのはありきたりなんじゃないか。それに、お題が季節だろ。『枕草子』だろ。なのに最後が、何？　季節に色が戻ってくる？　いくらなんでも直接的過ぎるだろ。狙ってる獲物を直接撃ち落そうとしても無理だ。逃げてく。俺だってそうだ、お前に直接手出しは出来ない。真正面から願いを叶えようとしてもたついてたらうまくゆかない。横へ回ったり、場合によってはうしろ、というか裏側から見た方がものごとの本質を摑《つか》めることも多い。」

私にはなぜだか、死神が何かを隠しているか、言っている内容と別のことを伝えようとしているのではないかと感じられたが、これ以上話しかけるとまた両親に聞えて何を言われるか分らない。しかし、ただ黙って聞いているのも癪《しゃく》だ。

「なんだよ、人が目の前で喋ってるのに、って厳密には人じゃなくて、人みたいな俺が喋ってるのに、お勉強の準備かよ。高校受験ってやつか。意味あんのか？　いや、俺をそんな目で睨んだって仕方ないって。考えてみろ、お前は、今日明日の命かもしれない。もう少しは生き延びられるのかもしれないが、たかが知れてる。前にも言ったがあのビルで、猫の鳴き声でお前を誘った段階だと、まだ早かった。俺がこうして出てきてるということは、いつでもＯＫ、準備が整ったということだ。そうだよ、阻むものは何もない。くどいようだがあとはお前の心一つというわけだ。で、お前の心理が読めるわけでもないこの俺が、まるで人間同士みたいにお前の胸の内を想像してみるに、親父さんに説教喰らって引っぱたかれてる間、こんな世界とはやっぱりさっさとおさらばしてしまうに限る、と思ってたのであればそれでもよし、思ってなかったとしても、いずれ出る結果を考えれば、思っていたも同然だ。お前が何を思うか思わないかは、お前の結果となんの関係もない。」

　両親に声を聞かれたくないために、結局この時も死神がいなくなるまでたいした反論も出来なかったのだが、父の説教を聞いている間の気持は死神の読み通りだったものの、それとは別の自分の心理を、私は確かに自覚した。心理というより状況だ。つまり、死神からねちねち言われている間、これはそれ以前もそうだっただろうし、その後もやはりそうだったのだが、あれほど根深く自分自身を縛りつけている死への欲求を、ほんの一時的にせよ綺麗に忘れていられる、ということだった。

父には打たれた、家族に尽し続ける母にもうんざりした、いつも通り死にたくなった、あいつが出てきたら出てきたで早く消えてくれとそればかり念じていた、要するに、今日も死なずにすんだ、死ねなかった、といらいらして、寝入った。


という私の考えを、まるでこちらの意見も一応は聞いてやるといわんばかりに、周りにひとけのない時に現れたので、ぶつけてみると、

「人間は何を考えるにも自分の都合優先だな。俺が喋ってる間、お前の死にたい願望が引っ込んでる、だからなんなんだ？　まさか、死神と名乗ってるこの妙な野郎はほんとは人間思いのとってもいいやつで、コミュニケーションを取ることでその人間の死にたい願望をほんのいっときでも和らげ、忘れさせようとしてくれている、とでも考えてるのか？　んー、言われてみれば、というか自分で言っておいてなんだけど、確かに、そういうところがないとも言い切れない、かもしれないな。」

「じゃあ、僕はやっぱり死なずに――」

「くどいって。死なずには、すまない。俺が喋ってお前の願望がほんのわずかな間だけ消えるとして、それはお前を自殺から守ってやってると、単純に言えるのか。いくらお前で

も、四六時中、死にたいってわけじゃないだろ。そういう願望はモグラ叩き式に出たり引っ込んだりで、それでだんだんと当事者を、そっちの方へそっちの方へと誘導してゆく。もう分ってると思うが俺がお前を誘導してるんじゃない。お前自身、ずっと願望を意識し続けるのは精神的にも体力的にも無理だから、時々は無意識のうちに願望を隠して、その間に磨きをかけといて、次に出てくる時にはより鋭く、逞《たくま》しくなった願望がお前を追い詰める。思考のインターバルが必要ってことだ。俺の喋りが一時的に死を遠ざけたように感じられるとしたら、逆に死を、実現に向ってより純粋な形に育て上げてゆく過程ってわけだ。そんな残念そうな顔すんなよ。え？　お前、今日もあそこ、行くんだろ。半年後には高校受験だっていうのに熱心なことだな。ま、人間てのはそういうものかもしれない。大事な何かが迫れば迫るほど恋愛感情も盛り上がる、あるいは死が近づけば近づくほど生に執着しなきゃならなくなるってとこか。切ない種族だよなあ。だから、そんな顔すんなって。お前、ほんと分りやすく顔に出るよなあ。向うだって、気持、感づいてくれてるかも……なわけはないか。ちゃんと勉強もしろよ。」

言葉が終る前に姿は消えていた。感情を見破られて恥かしいし腹が立ってもいたが、これであいつから逃れて目的地に行くことが出来る、とほっとした。いまもどこかからしっかり見張られているのだとしても、こういう時、目の前にあいつがいない、たったそれだけのことでひどく安心するようになっていた。あとで思い返せば、それすらもあいつの言うインターバルだったのかもしれないのだけど。

足は、自宅への道を堂々と逸れる。

その頃は、まだ街に大小いくつかの本屋があった。親や教師は、あそこが潰れたあの店もなくなった、と言っていて、本屋に限らず小規模な店舗は消えつつあったのだろう。

歩いてゆける範囲に、四つ。駅に近い店は、漫画誌やグラビア誌の派手な表紙が並んでいる。そこから住宅街へとつながるささやかな商店街には、いま思えば政治的にやたらと左寄りのものばかり並べている小さな店。父はここのことを、実現する筈のないばかげた妄想を売りにする左翼崩れの時代遅れ、などと言っていた。その近くには、このあたりで一番大きな、一階に新刊の文芸書や雑誌、文庫、二階に漫画や参考書を並べた店。土曜、日曜には、同級生とも約束は特にないから、一人でそれらの店を、政治本の店はなんだか難しそうだと遠目に見るに留め、他の店を回っては、新刊の単行本にはなかなか手が出せないので、文庫本の小説、それも無理なら立読みで目を通した頁の中から一行か二行、印象的な文章、そんな場面をよくもそんな全く別のことに譬《たと》えられるものだというような、ぴかぴかした比喩や描写を急いで覚えては、帰り道に頭の中で何度もくり返しくり返し再生した。おかげで電柱にぶつかったりした。小説の場面を思い浮べているのではなかった。ただ言葉だけ。記憶した言葉をくり返して、さらに強く記憶する。すると、小説の他の部分は消えてしまって、自分が言葉になり、言葉に変身した自分が、自分と同じになったもとの言葉に追いかけられて、まるで『激突！』の二台の車のように、二台が一台になったように、自分の中で勝手に、追って追われてを続けていた、のだったと思う。追ってやろう逃げてやろうの意図もない。両親はあい変らずで、学校はつまらなくて、だから時々、小学生の頃、物置と石垣の間に見上げた空を、あの寒々とした光景を思い出すくらいしか出来なくて、あの時、やがて暗く恐ろしい何かが自分を捕まえにくるに違いない、と信じたその通りに、どうやらなってしまっていて、いまのところまだ完全に捕まったわけではないにしろ、なんだか死ぬ方へ死ぬ方へと追いやられていて、しかも、死神の言うことを信じるなら、あいつに殺されるのではなくてあくまで意思によってそういう最期を選ぶのであって、これはまぎれもなく自分のことなのに、自分のことであると意識すればするほど自分ではどうにもならなくて、だとするとどうにもならないままあいつに手を引かれ、背中を押されてそうなってしまうのかもしれなくて、結果はしかしどこからどう見ても、他殺とは呼べない。いずれ本当に死ぬのか、踏み留まるのか。死ぬのだとして、死神に殺されるのではなく意思に従って死んでしまうのだとして、一つだけ楽しみなのは、あの両親でも息子がそうなれば、本気で泣くだろうということ。父は母を打つのをやめ、打たれているのに罪を償うみたいに必死に家事をし続けてきた母も台所仕事の手を止めて、今度こそ、親になる資格さえなかったのだと気づくだろうか。子どもを持ちさえしなければよかったのだと。それともしぶとい二人のことだから、もっと強く誠実に叱りつけて育てるべきだった、もっとたくさんの手料理を食べさせるべきだったと、後悔するのだろうか。どっちにしろ、死んだ自分は、死んだままで、そういうこの世の両親の姿を見られるのだろうか。両親には、こっちの姿は、自分に死神が見えているようには、きっと見えない。

というような具合だからよけい本の世界に、一時的にでも潜り込む。潜り込んだ真似、かもしれないのだが。

堂々と逸れた学校帰りの足が目差しているのは、このあたりにある四つの中では一番小さい、駅や商店街から離れた国道沿いの、細長い雑居ビルの一階、店頭に週刊誌月刊誌の新しい号が並び、奥にはとりあえず新刊の単行本や文庫本も置いてはあるものの、人通りの少ない場所だから、よくこれで潰れないと不思議なほど、客のめったにいない店。

ゆっくり立読みが出来るから行く、わけではない。死神にからかわれるだけのはっきりした理由がある。

国道。バス停の傍。別にここを目差してきたわけじゃない、ただなんとなく、暇潰しに立ち寄ってみただけだ。わざわざこの店に来るのに、なんとなくなどあり得ないし、誰に対してもそんなふりをしてみせる必要はないのに、そのふりをして、というより自分に向って暇潰しだ暇潰しだと言い聞かせ、通り過ぎようとしてちょっと寄ってみる気になった風を作ってゆっくりと近づき、しかしすぐには中へ入らず、どれどれ、品定めでもしてやるか、の悠然とした雰囲気を放ちながら、のつもりでまずは週刊誌の表紙にじっとりと目をやり、そこで芸能界のあいつとこいつの意外な恋愛関係を初めて知り、結構本気でへー、と思い、視線は残しながらまず体だけを店内に向け、一番あとでやっと目を上げる。

「いらっしゃいませ。」

向うはいつも通り小声で言うばかりで、目を向ける様子もなく、レジの前の低く小さな椅子に座り、手許の本に集中したまま。読みながら客への一言も忘れないのは、本と客とどちらをより強く意識していることになるのだろう。この女の人にとっては本の中の世界と店とが完全に同じものだから、両方いっぺんに集中出来るのかもしれない。本屋の店番じたいが、本の中の世界にいるのと、同じなのだきっと。

似ている。だけど、そんな筈はない。年齢が全然合わない。あの時、一緒にビルの屋上に出ようとした女の子なら、いまはまだ中学三年生だ。なのにどうしても、あの子としか思えない。別人だということは考えなくても分る。同じ人物のわけがない。なのに、顔立以外の、まとっている空気というのか匂いというのか、どうしてもあの子を思い出させるのだ。

小さな本屋があるのはずっと前から知っていたが、小学生の頃は、国道を封鎖して開催される夏祭の時くらいしかこのあたりには来なかった。中学生になり、足をだんだんと延ばして、ここにも時々来るようになった。

女の人は、私が中学三年生になってから現れた。この店の娘なのだろうか。この人の前に店を一人で仕切っていた両親より年上の男はいまでも店の奥から顔を覗《のぞ》かせはするが、レジの前はいつもこの女の人だ。

あの女の子の姉、というのが可能性としてはありそうだが、世の中、そんな劇的な展開はめったにある筈がないから、単にそっくりなだけの全然関係のない他人に違いない。だいたいあの子はパッと現れてまたパッと消えた、その場限りの存在だったじゃないか。転校してゆき、もうこの街には住んでいない。それとも、本当に姉妹なのであって、姉だけが何かの事情でこの本屋に取り残され、住みついているのか。

そんなわけはない。あの時のあの子をはっきり好きだと意識したことはなかった筈だが、二人であんな体験をしたものだから特別印象が深くて、何年も経ってから、本屋のこの人を今度はどうやらはっきり好きだと意識した時、あの時のあの子のことも好きだったらしいと気づき、というか好きだったということにしてしまっていて、よく見れば似ていないこの女の人を、あの子と同じ雰囲気の人だと一括《ひとくく》りにしているだけなのだろう。

自宅の居間と台所を合せたくらいの面積の店内をゆっくりと見て回り、棚と棚の隙間からレジの方へちらりと視線をやってすぐ戻す。いま見たばかりの顔が頭の中に焼きつく。もう一回りして、また視線。手許の本は頁が開かれたままだから題名も作者もすぐには分らない。客が本をレジに持ってきた時に閉じられる。いままで確認出来たのは『嵐が丘』、『不思議の国のアリス』、『デイヴィッド』なんとか。私はその頃まだ、海外の昔の小説をそうたくさんは読んでいなかった。死神に向って作家になると、一応宣言してはいるのに、外国のものは難しそう、面倒くさそうで手を出していなかった。

学校の図書館で『不思議の国のアリス』は読んだ。『嵐が丘』は三頁ほどで諦めた。『デイヴィッド』なんとかは、どうやら『デイヴィッド・コパフィールド』らしいと分ったが、かなり長いので読もうと思わなかった。

店の中をもう一回りしようとした。店先に逆光で、死神のシルエットがいかにも死神らしく浮んでいて舌打ちしそうになり、中に入ってきて絡まれてはやっかいなのですぐに出た。

「無理だと思うけどな。年も、住んでる世界も違う。」

声だけで、もう姿は見えない。

しているのかいないのかよく分らず、それでものろのろ進んではいる高校受験に向けての勉強。塾に通う同級生は多かったが、学校の授業だけだと追いつけないんじゃないの？と穏やか極まりない口調で、つまりは私の考えを問い質《ただ》すよう夫に命じられた忠実な妻が、今度は息子思いの優しい母親となって訊くので、漏らしそうになった溜息を、別に堪《こら》えなくてもよかったがなんとなく我慢して、

「追いつけないんなら追いつけないでいい。」

「そんなこと言って。高校だけのことじゃないよ。その先は大学よ。これからは、大学くらい行っとかないと。ね、分るよね。」

「なんで大学なんか行って無駄な勉強しなきゃいけないわけ？」

「無駄って、あんた何言うの。お父さんを見なさい。無駄どころじゃない。男には絶対必要。ね？」

「母さんだって高卒でしょ。」

「あんた、いまのお母さんの話、ちゃんと聞いてた？　お母さんは女だから大学の勉強なんか必要ないでしょうが。大学に行って無駄な知識なんかつけてたら、お父さんに選んでもらえなかったかもしれない。あんたは、男だから。男はね、一歩外へ出たら七人の敵がいるって言う。ちゃあんと勉強しとかないと人生に負けるよ。周りの人間たちから舐《な》められないようにちゃあんと勉強して、立派な、強い男にならなきゃいけない。」

「だったら弱いままで負け続ける方がいい。その方が楽だから。」

「あんたはまだ世間の厳しさを知らないから、そんな悠長なこと言ってられる。弱いのはみじめなこと。貧乏はつらいもの。舐められたらおしまい。あんたがどう考えようが、人生は勝たなきゃいけないの。世間はそういう風に出来てるの。」

「父さんと喋ってるみたいだ。」

「お父さんならもっともっと厳しいことを――」

「父さんじゃなくて母さんはどう思ってるの？　母さんは僕のこと、どのくらい心配してる？」

「何言ってるの。こうやってさっきからちゃんと心配してあげてるじゃないの。あんたがいてくれてありがたいよ。幸せよ。あんたはお父さんとお母さんの息子なんだから。あんたはそれ以外の人間じゃないんだから。」

「母さんは……」

それに続けて何を言おうとしたのだったか。ばかだよ。父さんの奴隷だよ。女だっていうことを言い訳にしてるだけだよ。女が大学に行かなくていいんならなんで女に産んでくれなかったの。なんにも知らないだろ、息子がどこの誰に取り憑かれてるか、しかもそいつに殺されるんじゃなく自分で間抜けに死んでしまうことにしかならないなんて、想像してもいないだろ……

そうだ、やっぱりそうなのだ。自分が本当に死んでみせるしかない。そうじゃなければ父も母も気がつかない。

いや、気づかれなくても構いはしない。前に考えた通り、息子が死んだからといって本気で泣いてくれたりなんかしなくていい。自分はこんな両親のために死ぬんじゃない。と、つい口に出して言ってしまったのを捕まえて、

「いーや、こんな両親のためだと思うけどなあ。お前はしょせん、生き身のままあの二人に一泡吹かせるのは無理。それはお前自身が一番よく分ってる、というより景気よく家族を引っぱたく親父に、どこかで、かなわない、勝てないと思ってる。おっと待った、反論はあと、最後まで聞けって。お前からすれば的外れな見方かもしれないけどな。それで、と、勝てない親に勝つには、親には逆立ちしたって絶対出来ないやり方で出し抜くしかない。学歴、腕力、権威、金、このへんは全部駄目。勝ち目なし。となると、生き身の駄目息子が、同じく生きてるしか能のない暴力親父に勝つには、道は自《おの》ずと一つに絞られる、とまあこれが俺の見立てだ。お待たせ、反論あればどうぞ。」

遺書をはっきりそれと意識して書いたのは、この時が初めてだったと思う。死神はいつもああ言っているが、やっぱり意思というよりはあいつに唆されて書いたことになるんじゃないのか、とあとになって考えたものの、その時は、あいつ俺にこんなもの書かせやがって、などとは少しも感じていなかった。どころか、文章を書く時はたいていそうしたものだろうが、両親も本屋の女の人も意識から消えて、それは消すぞ消すぞと決意したのではないし、当り前だがそういえばいま意識してないなと気づくのでもない。ただ紙の上を鉛筆がほとんど止ることなく動いていた、とだけ覚えている。だから誰彼のことを全く意識していなかった、とも言い切れないのだが。

一つはっきり意識していたのは、というより意識させられたのは、死神の存在そのものだった。俺にこんなもの書かせやがって、と思わずにすんだのは、自分が生れたこの世界への稚拙な呪詛《じゅそ》からなる遺書の執筆を、死神が横でずっと眺めていたからだ。やはり死神が念力か電波みたいなものを送って私に書かせていたと考えるべき、なのかもしれないが、分ってるよな俺が書かせてるんじゃないぞお前が勝手に主体的に書いてるんだからな……例えばこんな風にあいつが言うまでもなく、書かせるでも書かせられるでもなく、ただ書いていた。書き始めてから、鉛筆は失敗だったと気づいた。遺書を鉛筆で書くなんてな、あとでいくらでも消せるよな、しょせん本気じゃないんだな、生きるのも死ぬのもお前は本気になれないんだな、とあいつに言われそうだから途中でボールペンに切り替えようかと、頭をよぎったが、そうしたらしたで、いやいやせっかくなら毛筆か万年筆だろ、と重ねて笑われるかもしれないのでいらいらしながら鉛筆のまま書いた。

高校に通っていた間も、だいたい半年に一度くらい遺書を書いた。書く間、ずっと見ているあいつは、終ると決って、たったそんだけ書くのに何時間かかってんだよ、とか、今度こそお前の人生、じゃなくて俺の仕事を綺麗に完結させてくれるんだろうな、とか、しかし童貞のままってのはちょっと気の毒ではあるよなあ、この世の名残に本屋のおねえさんに一勝負お願いするってのはどうだ、せっかくネチネチ通い続けてるんだからなあ、とか言われ、その度に私は遺書を破り捨てた。

「あーあーあーあー、まただよ。せっかく下手が下手なりに書いたっていうのによお。何が気に食わないんだ。俺の存在か？　それともお前自身の意思の弱さか？　反論、しづらいよなあ、自分ん家《ち》じゃ。」

それを狙って死神は、人けのないところにはほとんど姿を現さず、自宅や授業中の教室といった、私が直接声を出して言い返せない場面を選んで出てくることが多くなった。

だから私は一度、自分の口で喋る代りに、死神に向けて質問状というか、書簡というか、手紙のようなものを突きつけたことがある。細かい内容は忘れてしまったが、その当時起った、企業による大物政治家への未公開株譲渡事件や、中国の民主化運動とその弾圧といった出来事を一丁前に論じ、なんで大人たちは、なんで世の中というものは、これほどずる賢くて下らないのか、とくどくど書いたあげく、勝手に答まで出してしまった。つまり、生きていることに、やっぱり大きな意味はなさそうだ、と。夢だの希望だのは、どうせ叶わないような仕組みになっている。作家？　無理無理。というよりもともと本気じゃない。何もかも、仕方がない。生きていたって、本当に本当に、どこにも、入口もなければ出口もない。箱だ。密室だ。檻《おり》だ。雁字《がんじ》搦《がら》めだ。逮捕されて有罪だ。懲役刑だ。いや、磔《はりつけ》だ。なぜだ、どうして世の中はこんなに仕方ないんだ。というより、どうして自分はこんなに世の中を仕方ないと思って、その結果として、この世から出てゆきたいと考えなきゃならないんだ。人間として、生き物として、この世から出てゆきたい、命を捨ててしまいたいと思うのはずいぶん不自然で、理不尽だ。てことはやっぱりあんたが操ってるんじゃないのか。死にたいというのは僕自身の中から出てきた欲求じゃなくて、死神であるあんたに唆されてる、コントロールされてるっていうのが真相じゃないのか。だいたい、あんたの姿が僕だけに見えてるっていう時点で、支配されてることになる。あんたさえいなくなってくれれば、僕の中にある死の願望も消える筈だ。いったい全体、何がどうなってるんだか分らない。なんで自分ばかりがこんな目に遭わなきゃならないんだ。なんで死ぬことについて、こんなにも意識しなきゃならないんだ。もっと頭がよければ、すっきりと答を出して、生きることに積極的になれるのかもしれないが……そうか、きっとそうだ。そうなんだろ。僕は極端に頭が悪い。だからついつい自殺なんていう、考えなくてもいいことに囚われてしまった。あんたはそこにつけ込んで、僕の命を強引に奪おうとしている。あんたに言わせればそうじゃなく、こっちの自業自得ということか。世の中の頭のいい正しい人間たちは、めったなことでは自殺しない。死のうと考えさえしない。死にたいなんていうのは頭の悪い人間特有の貧乏くさい願望だ。頭が悪いなら、頭のいいやつらに追いつくために勉強して、頭よくなって、強い人間になって、自殺願望なんか叩き潰してしまえばいい。その努力もしてないくせに。そう言いたいのか。自殺しようなんていう考えを捨ててしまうのなんか簡単なのになんでそうしない。なんでそうしない？　そんなのあんたがいるからに決ってるじゃないか。あんたがいるから本当に捨てようって気になれない。捨てられないからあんたはいつまでもここにいて、あんたがいるからいつまでも願望が消えなくて、消えないからあんたの姿がいつまでも見えてて、いつまでも見えてるから……

死神は途中まで読んでいたが、しかしきったない字だな、こんなんでよくも作家だなんてほざいてられるもんだな、と言ってわざとらしく欠伸したあと、

「これって手紙だとか、何？　俺への抗議？　質問状？　なんてもんじゃなくて、俺に対する恨みつらみ、にすらなってない、単なる愚痴だろ、愚痴。俺に、牙、剝《む》いてるつもりでも、お前は結局、自己完結するしかないんだよ。」

「……」

「いや、そんな風に未来の大作家然として雰囲気たっぷりに考え込まれたって困るんだけどさ、要するにお前は、お前自身の中から一歩だって外へ出てないわけ。いまのままだとお前という檻の中から出られない。自分で書いてる通りだよ。この世という檻だよ。この世は誰にとっても檻、というわけじゃない。檻なんかに入らずに一生伸び伸び暮すやつもいる。反対に、自分から檻を求める場合もある。結婚なんてのは穏当な檻の代表だろうな。檻なしの自由な生活がいいか、檻の中で安全に過す方を取るか。うまくすれば檻に入ってること自体に気づかずに、ということもあるが、人類ってのは真実から目を背けるのを美

徳としない種族だからな、檻に入ってるっていう自覚を一度持ってしまったら、そこから出なきゃならないんじゃないか。もっとも、結婚の檻から出るのはそんなに難しくないけど、お前の場合はなあ……」

私の檻。生きているという檻。でもこの頃はまだ、高校生活という、人生そのものと比べればちっぽけな、その分だけ具体的な檻。

嘘だ。高校生活？　授業？　そんなもの、自分は体験しただろうか。教室にはあい変らず、漂ったり天井に寝そべったりのあいつがいるばかり。授業は私を置いて勝手に進んでゆく。教師が一応黒板に書く英文や数式や化学式や人類の歴史は、書かれる端から消えたり、記述が途中でばらばらになって黒板から転げ落ち、元々の式や歴史の型に戻ることなく逃げ出してゆき、一方まだ黒板に留まっている世界の残骸たちも、隣接していた言葉がいつまでも戻ってこないために自分で自分を支え切れなくなり、崩れて散って消えてゆき、なのに教師も他の生徒たちも、世界がいまだに元のままだとでも思っているのか、授業は平然と続き、私はといえば自分の席に座った状態でいつのまにかするすると教室のうしろの方へ追いやられ、そうやっていつまでもあと退《ずさ》りし続けているのに、どこまで行っても教室の檻からは出られずに、変形した世界や合理性のかけらも残っていない数式の前にずっといなければならないのだった。

県内の公立普通科の中でも、白紙さえ出さなければ入れる、と評判の高校であったにもかかわらずだ。父が何かにつけ、あんなところにしか、よりによってあんなところにしか、と口にする超有名校であるにもかかわらずだ。

「あんなところ、あんなところ、か。人間様じゃない俺から見れば、人間の住むこの世そのものが、でっかいあんなところでしかないよ。言ってやったらどうだ、え？」

一年生の一学期、中間テストに続いて期末テストも当然のこと、父の人生にはあり得ない、上品極まりない結果であったのに、自分自身も通った、いまも昔も地域トップである男子校に息子が入ることを望んでいた筈の父は、私が密かに誉《ほ》めてやりたいと思ったくらいにどこまでも我慢し、手を上げず、

「どうだ、お前もそろそろ自覚出来るだろ。これが世の中だ。これこそがいまのお前の現実だ。あんなところのこの程度の問題さえ、お前は解けない。もう義務教育の揺り籠には戻れないんだぞ。赤点がある。留年がある。まかり間違えば学校から追い出される。出来損いを一人退学させたところで学校は痛くも痒《かゆ》くもない。お前はもうそういう世界に生きている。しょせん何事も為し遂げたことのない高校生であるにしろ、男として世の中に踏み込んだのには違いない。お前にしたところでだ、こういう点数を取れば曲りなりにも思うところはあるだろう。挽回の機会は来る。敗残者として他人の背中しか見ることのない人間にだけはなるな。いまのままじゃ、女の一人ものには出来んぞ。それどころか女、子

ども以下の男になり果てるぞ。」

食卓で、おそらく上げたい筈の手を震わせながら言う父の頭上にいるため、例によって私を冷やかすべくこの世のものでない笑いを浮べているのに、まるで父の運命を握っているかのような死神。

「父さん……」

私は確かに、死神の存在を言おうとしたのだったと思う。助けてほしかったのだと思う。死神からも、それ以外の全てからも、父からも、解放されたかったのだと思う。

「うん、うん。お前もな、そんな涙目になるくらいだから自覚はあるわけだ。殊勝だ。いまのその悔しい気持を忘れるな。どうだ、正直に言ってみろ、父さんが憎いか。え、どうなんだ。憎いだろう。そうだ、男はそのくらいで丁度いい。実の親を憎め。他人も憎め。恨め。歯軋《はぎし》りしろ。そうすれば自ずと力が湧く。憎い相手に勝ちたいと思うようになる。だけど思うだけじゃ本当の力は身につかないぞ。理想ばかり掲げて何もしないのは、生半可な知識だけ仕入れて平和だ反戦だと叫んでるかわいそうな左翼どもと同じだ。理想は役に立たん。現実を見て、現実の中で努力しろ。油断するな。競争相手を出し抜け。蹴落せ。勝て。勝ち続けろ。どれだけかわいそうであっても負けてるやつらに同情したり、救いの手を差し伸べたりするな。自分のためにも相手のためにもならん。負けるやつは負け続けるのが役目だ。勝つ者の仕事が勝つことそのものであるようにだ。勝ちたいだろう。いまならまだ間に合う。」

「はーん、さすがは長年人間やってるだけのことはある。うまいこと仰《おつしや》るもんですなあ。」

「……父さんは、僕に、勝ってほしいわけ？」

「ん、なんだって？」

「僕が勝てば父さんは満足なの？　僕が勝つと父さんになんの得があるの？　僕が負けると、父さんは死ぬの？」

父の平手を覚悟したが、いや、実際父の眉間は一瞬、それまでにない息子の反論によって忙《せわ》しなく伸縮したが、何かぐっと堪えると、

「ふん、面白いことを言うようになったじゃないか。お前が負けると父さんが死ぬ、か。そうなるかもしれないな。負けっ放しの情ない息子に絶望して、くたばってしまう運命かもしれない。お前は、運命を信じるか？　つまり、神の存在、みたいなことをだ。もし神とか運命とか、そんな目に見えない奇妙な何かが人間を操ってるのだとしたら、お前はそれに抵抗することなく、呑み込まれてしまうつもりか？　仮にそうだとしてだ、つまりお前の出来の悪さに耐え切れずに父さんの息の根が止るとする。勝手に止るんじゃなく、どこかにいる運命の使者みたいな、そうだな、古めかしい言葉で表現するなら、死神みたいな何かが父さんの心臓を撃ち抜いて命を奪ったとする。父さんだってそんな目には遭いたくないが、お前が勝者になる努力をしなければ本当にそういうことが起るかもしれない。ふ、

飲み過ぎたか。さっきからずい分弱気なことを言ってるな。断っとくが、父さんのために勝者になってくれと頼んでるわけじゃないぞ。間抜けなお前のお蔭《かげ》で父さんが間抜けな死に方でもしてみろ。苦労するのはお前自身だぞ。父さんの収入がなくなって、どうやって食ってくんだ。お前と母さんが暫くの間困らないくらいの貯えは作ってやれる。だがそんなもの、なくなるのはあっという間だ。まだ大丈夫、まだ大丈夫、そう思った次の日にはもう全てを失ってる。男なら、男ならな、自分の腕で稼げ。親なんかとっとと飛び越えて自分の力で城を作れ。舐められるな。笑われるな。笑う側に回れ。それは全然悪いことじゃない。これもまた人間の役割だ。笑う役割、笑われる役割。なんの努力もしない笑われるだけの人間にだ、笑う側に回る力を持てといくら発破をかけたところで時間の無駄だ。楽をしようとして、結果、落ちぶれて、笑われるのが習い性になってしまえばそっちの方が居心地がよくなる。逆に歯を食い縛って出世した人間には、堕落は許されない。常に上昇し続けて、下に留まってる怠け者たちをしっかり笑ってやって、なんの知恵も力もないそいつらの代りに世の中の制度を作ったり、維持したりしなくてはならない。落ちるのも昇るのも大変なら、昇る方がいいだろう。下で苦労するより上でのたうち回れ。」

そうだ、私はやっぱり、言おうとはしたのだ。人間の世界なんて、落ちるのも昇るのもそう違わない。生きてる間にいくら上に行ったり下に戻ったりしたって、最後に辿る道は一つしかない。上昇した人間も、転落して笑われっ放しの僕みたいなやつも、最後の最後は同じ出口を通ってこの世から出てゆく。僕はいま、その準備をしてる。上にいる父さんには分らないだろうけど、とんでもないやつに取り憑かれてる。ほら、そこにいる。なんで気づかないの。こいつは人間のすぐ傍にいて、自分の仕事をやり遂げる機会を狙ってる。こいつは、生きてる人間にぴったり寄り添ってる。なのに、なんで気づかないんだ、なんで、なんで……喉に蓋でもされてしまったみたいに、私は言えなかった。

「言えなくて正解だったよ。もしほんとに言ってたら、親父さんのことだ、世間体を優先させて、意味不明なことを口にする息子を誰にも知られず病院送りにでも、いいや法律そっちのけで非合法組織でも雇って監禁してしまうかもしれない。しかし、それも含めてだ、人間界の年の功ってのはど偉いもんだな。親父さんの言ってることは曲りなりにも、いやほんと、恐ろしくひん曲っててどうしようもないけど、曲ったなりに筋が通ってるんだからおっかない。おまけに俺の名前まで持ち出すと来たもんだ……なるほどねえ、下で苦労するより上で、か。下から上を目差すのは確かに大変そうだ。単なる譬えじゃなく、物理的にもだよ。地べたに足つけてる人間たちが、俺みたいに飛べるようにはならないだろ。だけど上から下に落っこちるのは理にかなってる……」

遠くで雷が鳴っていた。

父が私を打《ぶ》ちそうで打たなかったのはその日だけだった。

高校一年生の時、自殺騒ぎ。自分ではない。

あれはまさしく騒ぎであり、間違いなく自殺だったが、騒ぎの方が大きくて、出来事の真ん真ん中である筈の自殺そのものが縮んで、周囲の騒ぎばかりが目立った。騒ぎが冷めてしまうと、抜き差しならない真ん中そのものまでまるでなかったみたいに、人は言わなくなった。私は、抱えている死の願望のせいで、記憶せざるを得なくなった。

「記憶っていうよりお手本にさせてもらう、と言ってやった方が、死んだ人間も浮ばれるんじゃないか？」

県内一の食品加工会社に勤務する二十代後半の女性社員。私の父が通っていたのとは別の、進学校としてやはり県内では著名な高校の男性教師と、結婚が目前だったのに、死を選んだ。妻となる自分が働き続けるか、主婦になるかで悩んだ末のものだとされた。遺書にも、出来れば専業主婦になりたいが生活のことを考えれば仕事を続ける方が現実的だ、しかしそれだと稼ぎ手としての夫を信用していないことになってしまう、プライドを傷つける形になってしまう、とあった。残された男性教師も、なんでこんなことになったのか見当もつかないが、彼女の仕事について二人の間に行違いがあったのは確かだ、もっと落ち着いて話し合うべきだったと語った。さらに、女性の両親も、仕事を辞めるかどうか間違いなく迷っていた、と口を揃え、娘はかわいそうなことになったが相手の男性を責めるつもりはない、何があったのかは二人にしか分らないし、そのことで男性を問い詰めようとは思わない、どうか自分たちと彼のことはそっとしておいてほしい。生徒の皆さんに動揺を広げないためにも。

これが真相だと信じられた。なんといっても遺族と相手の男性がそう言っている。これ以上の背景はない。また当り前だが、女性の死に不審な点は何一つない。現場の状況にも、極めて丁寧に楷書で綴《つづ》られた遺書にも、おかしなところはない。地元を始め世間の目はこれを悲劇と断定した。一人は死に、一人は生きている。その二人に同情した。反論出来なくなった当の女性社員について、結婚相手を置いて死を選ぶとは身勝手だと批判する向きもあったが、残された教師はこれに対しても、彼女が抱える悩みについて親身になってやれなかった自分にこそ責任がある、そもそもが、親身になってやればよかったと思うこと自体が、彼女を上から見るばかりで対等な人間として向き合っていなかった証拠でもあり、そう考えるとますます申し訳なく、悔しく、情なくなるばかりだ、と冷静に直向《ひたむ》きに、感情をわずかに溢れさせつつコントロールもしながら喋った。その姿は逆に彼と故人の印象を好もしくし、当時はまだ、芸能人だろうがそうでなかろうが人の身の上に起った出来事を、興味本位に、当事者の私生活や来歴を大々的に暴き、まくし立てる式の作りが横行していたテレビのワイドショーでも、生き残った男性を清廉な人物として取り上げた。絶妙にバランスの保たれた悲劇の構図だった。

別のところで別のものがバランスを失い、崩れた。それが何かが崩れた光景だったのだと分るのは、あとになってからだった。

正しく言うと、崩れていたのではなく、泣いていた。

あの本屋。四つのうち、行くのに一番不便でよく行っていた本屋の、あの女の人が、泣いていたのだ。たいていそうであるようにその時も、客は私一人だった。たぶん、私が行く前から泣いていた。客の姿が視界に入っているのかいないのか、いつものレジの前で、ハンカチも持たずに涙をぽたぽた垂らしていた。指で鼻を拭った。手許に本はなかった。

よく知りもしない他人の涙に出くわして、戸惑っていた。小学生の頃、同級生と、泣かしたり泣かされたりはある。父の平手にも、最初の頃は泣いていた。中学生になって、男子生徒に体型をからかわれて泣いている女子生徒も間近で見た。駅前で、まるで歌謡曲の世界そのままに、そっぽを向く男とその腕を摑んで揺さぶりながら泣き崩れる女も見た。だがこんな風に、何が原因か分らない涙に一人で直面させられてしまうのは初めてかもしれなかった。

なんだかいけないものを見てしまった。そうではない、こうして一人で泣いている人をこっちも一人で目にしている状況が、なんだかいけないことだと感じられるのだ。何か、面倒だ。引き返そう、このまま出てゆこう……涙の原因がこちらにあるわけでもないのに、咄嗟にそう思った。なのに、動けなかった。大変な事故現場を目撃してしまったのと似ていた。やっかいだから早いとこ逃げ出してしまいたかったが、しかしつらい目に遭っている人をそのままにしてゆくのではかわいそう、というより事故現場を見過しにして立ち去れば、あとで罪に問われるのではないか。事故現場？　たかが女一人泣いてるだけじゃないか、と父なら言いそうだ……

泣きやまない。客が一人いるのだから、万引されないかどうか気を配って、レジまで本を持ってこられればすぐに対応出来るよう、意識を保つべきだろうに。当然だが女の人の方も、泣いているのをこの男子高校生に見られ、聞かれていると分っている。どれほどつらいことを経験したのかは知らないが、泣いてはいても、客に気づいていないわけはない。しかし、そういえば店に入った時、いつもの、いらっしゃいませ、がなかった。泣き声で言うくらいなら無言の方がいいと判断したのかとも思えるが、ひょっとすると、客に気づかないどころか、店番をしている自覚も失ってしまうほどのとんでもないどん底状態にいるのかもしれない。高校生なんかには全く実感出来ない悩み、たぶん、恋愛に関すること。そうだ、こんな風に女が泣くのは恋愛が理由に決っている。ふられたのか、悪い男に金を巻き上げられたか、もっとひどいことをされたか。反対に、この人の方が男を振り回して、別れて、いまになってこんな具合に後悔しているのか。それはいつ頃のことだろう。ここで店番をするようになる前なのかもしれない。何かがあったためにこの実家に戻ってきて、仕方なく手伝っている。その出来事というのは、あの会社員と教師の悲劇並にロマンチックでドラマチックなのだろうか。こういう時、映画の寅《とら》さんなら、ネエさん、わけありだね、俺でよかったら話を聞くぜ、とかなんとか、よく考えれば人の気持が全然分ってない台詞《せりふ》を口にするところだろうな。

要するに、私は面白がっていた。泣け泣け、もっと泣け、とはっきり思ってはいなくても、へーえ、大の大人でも泣くんだな、という感想はこの光景を十分面白がっていることにはなる。しかも相手がこの人なのだ。わざわざこの店まで歩いて通っている、その唯一の理由であるこの人が泣いている。前に座っていたこの人の父親かもしれない男の人や、女であっても年を取っていれば、いや若い女であってもこの人でなければ、長居はしなかっただろう。寅さんを真似て声をかけるところまではさすがに行かなくても、相手に配慮して立ち去りはしなかった。面白がっていた。

とはいっても、十分か十五分くらいの間だったと思う。女の人はずっと泣いていて、私はいつも通り本棚の間の狭い通路をうろついた。並んだ表紙も、背も、硬い姿を保ったまま、突発的な、震える声音に浸されている。泣き声を聞きながら、同時にはね返しもしている。

私はやっとのことで申し訳なくなり、店を出た。歩きながら、あの人とも誰に対してともつかず、無性に恥かしくなった。それは、自分が信じられないような期待を抱いていたと気づいたからだったろう。寅さん口調ではなく、大丈夫ですか、と気遣う言葉をかけることが出来そうだ、という期待。逆に向うから、つらいことがあってどうしようもないんだけど、話、聞いてくれるかな、と言われる期待。予想外の状況からふいに関係が始まる、あの小さな本屋を舞台として、自分を主人公として、文豪たちの恋愛小説顔負けの物語が動き出す。まさかとは思うが、そんなこと絶対にあるわけはないが、ひょっとして、生きるというのは楽しいものなのだろうか、という全くらしくない、とんでもない期待。死なずにすむのでは、という壮大な期待。

期待はやがて、ほとんど期待外れと呼んでもいい恰好で、叶うことになった。

「どうなるか、試してみればいいじゃないか。誰に泣きついたって状況は何も変らないだろうけど、どんな困難に出くわしてもいろいろな手を使って突破しようとするのは、人間の美学にかなってるんじゃないか？」

もしあんたの存在を本気で誰かに告げ口したらどうなるんだ、と訊いた私への答がこれだった。

「そもそもさ、なんで俺に直接訊くんだ？　人間の常識からゆけばだよ、それこそこの世のものとも思えない凶悪な犯罪者がいたとして、ちょっとご相談なんですがあなたのことを一一〇番してもよろしいでしょうか、なんて確認するか？　でも、そうだな、いまこの時点では、俺にそう訊くしかないんだろうな。何しろ泥棒でも殺人犯でもなくて、死神だからな、人間世界の常識に従って下手に通報すれば、俺からどんな仕返しされるか分ったもんじゃない。となればここは一つ、諸悪の根源である当の死神にいきなり持ちかけるのが得策、か。悪くない思いつきだ。同時に無駄骨だ。俺たちは、担当してる人間の最期を見届けるのが仕事なんであって、人間の質問にほいほい答えてご機嫌取るなんてのは役目の外だ。言ったただろ、唆したり誘導したり、これをこうすればこうなるって教えたりは出来ない。それでも訊くってことは、そうとう焦ってるな。違うか。」

違わないが、違わない、とは言わない。やっぱりこいつはこっちの心理が読めるのか。でも、焦っているのだとしたら、死ぬか死なないか、それがいつなのか、明日かもしれないじゃないか、の焦りではなかった。

高校生としての、テスト、赤点。父曰《いわ》く、自分一人放り出しても学校は痛くも痒くもない。進路、将来。三年生たちは、三年生なんていう平板な呼称は消えて、受験生。まるで特待生のような、エリートのような、全員が特殊能力の持主のような、あるいはひどく難しい病気の患者のような、真昼でもあり真夜中でもあるような。だけど死体ではなく幽霊でもない。行く手に待つのは模試であり受験本番なのであって、遺書やビルの屋上や剃刀《かみそり》や棺桶《かんおけ》ではない……

驚いたことに、近隣の学校であんな騒ぎが起ったというのに、この学校では一人だって自殺は出ていない。何も起らない。結局、何も起らないのだ。自分が死んでしまうまでは！

教師は言う。受験生をよく見ていろ、二年後の自分の姿だ、特に今年は県内であんな事件があったというのにそれでも受験にきちんと向き合っている、その境遇を決して他人事《ひとごと》と思わず手本にしろ……

じゃあこの僕の、ここにいるたった一人の、いつも頭上に黒ずくめの難敵がいるこの自分の手本はどこなんだ？　焦り？　やっぱり受験だの将来だので焦っているのではなく、我がおなじみの願望。確かに、生きている人間にとってこれ以上の焦りはある筈がない。死を見届けるやつはいても、一緒に死んでくれるやつはいないのだ。

それでも死神がせっかく言ってくれたので、試しに、それとなく、まず父のいないところで母に、

「守護霊みたいなものを、信じる？」

「何、なんかの小説か、映画の話？」

「自分に何かが取り憑いてるって思うこと、ない？」

「学校のことで、何か、悩み？……お父さんがまた――」

「違う。ただ訊いてるだけ。」

「……うーん、霊というか、先祖？　あんたが会ったことのない、曽祖父《ひいじい》ちゃん曽祖母《ひいばあ》ちゃんが見守ってくれてるのかなって、想像してみることはあるけど……」

「悪いものが取り憑いてるって思ったことは？」

「何があったの？」

「なんでもない。なんにもない。」

ある同級生には、話題にしやすい例の事件のことに絡めて、

「結婚前なのに、よっぽどなんかあったのかな。結婚相手にも言えないようななんかが。死ぬって決めた時って、どういう気分だったかな。」

「知らね。お前、何言ってんの。自殺なんか俺らに関係ねえだろ。死のうなんて思うか、普通。そんなの異常だろ、あるわけないだろ。人に殺されるんじゃなくて本人が勝手にやってるだけだろ。死にたいやつは死にゃいいんだよ。」

「そっか、死にゃ、いいんだよな。本人の意思だもんな。誰かに唆されてるわけじゃないし。」

「唆されてたって、最後に決めるのはそいつ自身だろ。全部自分の責任だろ。だいたい死ぬのってさ、なんていうか、構ってほしいだけだろ。死ねばみんなが自分をかわいそうだと思ってくれるって信じてるんじゃねえの。だったら生きてるうちにそう言やいいのにさ。」

「かわいそうだと思ってくれなんて、それこそ死んでも言えないよなあ。」と、これはあいつの言葉。

でも、かわいそうだと思ってほしいって、なんだ？　自分はただ死ぬか生きるか揺れて

るだけじゃないか。誰に、かわいそうだと思ってもらいたいんだ？

「俺に、死ぬほどかわいそうだと思ってほしいってとこかもなあ。」

これ以上、他の生徒に訊いて回っていると、自殺に興味があるおかしなやつだと偏見を持たれかねない。こいつおかしいんじゃないか、と思っているのは自分一人で十分だ。幸い高校に入ってからは、中学の頃の、だよ、だよ、みたいなことは起っていない。死にたい願望のしっぽは出さず、陰気臭くて女子生徒から見向きもされないつまらない一生徒、で通っている。当然だが、お前の頭の上にいるやつ、誰？　などとも言われない。ばれていない。いっそばれてほしい。あの黒い服着たやつ誰？　とみんなに指差してもらって、そうかそうか、知らなかったよ、お前も大変なんだなって、言ってほしい。

「あ、そうか、これが。」

「そうだよ、だよ、だよ。これが、かわいそうだと思ってほしいってことなんだよなあ。」

担任教師。三十代、男。入学直後の四月、このクラスをいいクラスにするぞ、と言った。一致団結して、他のクラスに負けないようにするんだ、みんなの力でするんだ、分るよな、と。

一学期、二学期と時間が経つに従って、よしよし、いい感じになってきたぞ、大丈夫、大丈夫だぞ、と変った。遅刻が直らない生徒がいるとか仲間外れが起きているとか、何か問題が表面化した時、クラスで話し合う。意見を出し合う。解決策を見出す。その場を早く終らせるためだけに、分りやすい意見を誰かが言い、分りやすい反論があり、最後は、根本的な完全な解決は難しいかもしれないが、とにかく問題点が少しでも改善されるように全員で努力する、といったあたりで結論。何も変化していないこの場にまるで変化があったかのように見せかけるための、貴重な放課後の時間をこれ以上無駄にしないための結論。

実際、教室は何も変っていなくて、私もあい変らずのあいつを頭上に見ていたのではあるが、担任は満足気に頷いて、そうだ、みんなで少しずつ前進すればいいんだ、と締めくくる。この時間を早く終らせるためのクラス総出の芝居に、明らかに気づいている顔で。絶妙なバランスを保って散会。

なんでそうだったのかいまだに分らないが、私はこのお決りの、おざなりの時間が気に入っていた。終るためだけの議論と、その見え見えの進行具合を容認して誠実に微笑を浮べている担任が、この作り物のクラスの一員である自分が、いやではなかった。張り巡らされたいんちきの網目を誰もが共有している時間が心地よかった。勿論、どこかで確実に嘲《あざけ》ってはいた筈だ。私だけではなく、同級生も担任も、網目を把握した上で、進んで網にかかって嬉しそうに、退屈そうにもがいていたが、黒い服のあいつに全然気づいていないその他大勢と自分とが一体になっている、あいつとは関係のない、死の願望がどこにもちらつかない晴れやかな嘘の時間が好きだった。ズブズブと浸って、とりあえず生きていられるのが好きだった。

だからだろうか、勢い余ってとんでもない行動に出た。何かあったらクラスで話し合うんだぞ、みんなのいるところで話しづらいのならいつでも一対一で相談に乗るからな、気がねなく話しにきていいぞ、という担任のいつもの決め台詞を信じたか、信じたふりをしただけだったのか、ある放課後、職員室を訪ねてしまったのだ。

「お、そうか、よしよし、よく来た。よく来てくれた。」

すごくいいことがあった時にも浮べそうな満面の笑顔。というより、いまがその、いいことがあった時なのだ。生徒の悩みこそ、教師の喜び。

運動部のかけ声が聞えてくる進路相談室で満を持していたぞとばかりの、いっそう磨きのかかった担任の輝く目を前にしただけでなんだか疲れたし、曲りなりにも生徒の話を真剣に聞こうとしてくれている教師に何もかも話して煩わせるのも悪いし、何も言わないなら言わないで担任が勝手にいろいろ推測しそうでやっぱり面倒だから、別に、ものすごく悩んでるわけじゃないんですけど、死ぬっていうのはどういうことなのか、死にたいと思っているわけじゃなくて、自分で死を選んでしまうことってあり得るのかなって考えたりもして、と決して嘘ではない言い方をすると、担任は予想してでもいたのか、話の途中から何度も大きく頷いた。嘘ではないのに嘘をついた気分になった。

「うん、うん。言いたくないのなら全部は言わなくていい。何か、あるわけだよな。それは人間だし、高校生だし、胸に何事かを抱えてて当然だ。近くであんな事件があったんだから、動揺するなという方が無理かもしれない。むしろこうして相談に来るのはいい傾向だ。問題を解決したい、なんとかしてピンチから脱出したいと望んでる証拠だからな。」

「先生、僕、その……」

「うん、話したいなら話せ。話したくないのなら、話したくなるまで、先生は待つからな。」

やっぱり、話すのは無理。

「僕、もう一度、自分なりによく考えてみます。自分なりに答を……」

まばたきした途端にどうしてか、あの本屋の女の人がはっきりと浮んだ。まだこちらを覗き込んでいた担任は、

「おお、お前いま、答ならもう出てますって顔だぞ。大丈夫そうだな。」

窓の外から死神が、すごい目で睨んでいる。


下校の足でそのまま本屋に向った時にはまだ、これをきっかけに事の真相に行き着いてそれをきっかけにまた事が先に続いてゆくのだとは、勿論気づいていなかった。

あの人の顔があんなにくっきりと浮んできたのは初めてだった。浮んできたというより、目の前にいた。

その直後の死神の目も、当時の私にはよく分らなかった。睨んだあと視線を落し、黒ずくめの体を引きずって宙を歩き去った。それを知りもしない担任の、生身の笑顔。

さっきの目つきについては訊かずに、

「死神って、生身なの？　皮膚を切ったら血が出る？　汗は？」

「出ない。」と袖をまくり腕を叩いてみせ、「この内側には何もない。というより外側も内側もない。いまお前が見てるのはあくまで人間の前に現れる時だけの便宜的な姿であって、本来の姿じゃない。」

「じゃあその本来の姿に戻れば、血も汗も、涙も流れるの？」

「言い間違えた。本来の姿なんてものはそもそもない。俺たちに、本来なんてものはない。そんな人間みたいな、あるべき姿だとか本当の自分だとか、あと、そうだな、帰る場所なんてものも。行き着く場所も。」

「てことは、いま僕に見えてるあんたは、いったいなんなんだ……」

通行人はいないと思っていたところへ、ブロック塀を曲ると、犬を散歩させている年取った男が、目を大きく見開きながら紐を引っ張って遠ざかろうとする。痩せた雑種は、さっきまで死神がいていまはもう私にも見えなくなった空中を見上げていたが、独り言を呟く妙な高校生を、主人に従い、よけて通り過ぎた。

その一瞬にまた、はっきりと女の人が浮んだ。だが、死神が消えてくれたのになんだか変な展開になっていると思ったのは、女の人が見えたためばかりではなかった。

これと同じ感覚になった記憶があった。担任と面談していて女の人が浮んだのよりもずっと前、ずっと前……待てよ、これと同じ感覚の、これ、はいったいどれのことだ？　死神が腕を叩いていろいろ言ったこと？　男と犬？　それら全部でもあり、全部合せたために全然違ってしまってもいるような、ずっと前の、ずっと前からの感覚。死の願望、ではなく、いや、そうなのだろうがもっと具体的な、丁度いまと同じように、いまと同じ？　なにがどう同じなんだ？　本屋に行くことが、じゃない、もっと、もっと前、いまと同じように、同じように、どこかへ向っていた。本屋じゃないどこか、どこかといえばそれはやっぱり自分のことだから、この世の外側というのいつも通りの、おなじみの、あの石垣と物置の間の空を見上げていた時から続く、なんの変哲もない……

見上げていたんじゃない。どこかへ向っていた。本屋へ向うのと同じように、いや、同じようにじゃない、全く同じ。あの時、つまり、いま。どこが同じ？　呼ばれているのが。どこから？　誰に？

屋上から、死神に。そうだ、自分はいま、あの女の子と一緒にビルの階段を上っているところ。同時に、白黒の猫を追いかけて一人で、いつまでも終りそうにない階段を、階段を、屋上へ向って、だから、女の人のいる本屋を目差して。階段が平坦《へいたん》な歩道に変り、そのアスファルトを踏む一歩一歩が、いつの間にかまた階段を一段ずつ上っていて、でも周りは本屋へ行くいつもの街並で、自分は高校生だが、中学生でもあり小学生でもあって、あのどこに行ったのか知れない、いたのかいなかったのかさえ、はっきりとは覚えていない女の子と一緒に……あの子と本屋の女の人は似ている。あの子はあの本屋に住んでいて、女の人の方は、消えたり現れたりする不思議なビルの中できっといまも泣き続けている。

鉄の扉。ノブに手をかける。回す。回る。回るだけはどこまでも回るのに、いつまでも扉は開かない。

開かないんじゃない。扉なんかない。本屋へ向う道に、あのビルも階段も扉も、あるわけがない。わけがない、わけがない、わけがない、でもまた階段を上っていてまた扉があって、開けようとして開かなくて、猫が鳴いて、また本屋への道で、また、なのではなくずっとこの道だけを歩いていて、どこかで鉄の扉が開いて、閉まる。石垣と物置の間の空。階段でも本屋への道でもない。自分はずっとこの道ばかり歩いている。歩いてきた。鉄の扉より重たいたった一つの願望に従って延びるこの道しかなかった。どこへも辿り着けなくて、間違いなく一つの場所につながっている。そこに行きたくないから、辿り着けないふりばかりして、でも願望が作った場所だからいつか到達するしかない、着いた時にはたぶん、場所とも呼べなくなっている一点。

扉が開いた。扉なんか最初からなくて、ないまま開いて、屋上、つまり、本屋。

「驚かせてしまってごめんなさい。」

一瞬、いらっしゃいませ、と言われたのかと思うが、確かに自分は驚いている。

「バタバタさせてしまって申し訳ない。ルール違反なのだけど、放っておけない状況になってきたもので。」

いまや何もかもわけが分らない。振り向いても、本屋の入口に扉はなく、死神がいて、白黒の猫で、もういなくなっていて、店の中には女の人が一人。背筋が寒い。扉はないが自分はどうやらいなくなりはせず、ここにいるらしい。

「言っておくけれど君はルール違反じゃない。彼が何を考えていようがどうでもいい。生きている人間はこちらのルールのことなんかには関係ない。」

「あいつを知ってるんですね。あ、ひょっとして、あなたも、なんていうか、あっちの世界の……」

「そう、あちらの世界の。君、すごい。私が誰だか分っても、彼に慣れてるからか、驚かない。」

「十分びっくりしてます。あいつの他にもいたんだなって。」

「ほうら、いたんだなって平気で思ってる。びっくりはしてない。」

「あいつと同じ世界の人なら、あ、人じゃないけど、同じ存在なら、助けてくれませんか。」

死神に助けを求めるのは変だと気づく。女の人はしかし、どういう意味なのか、頷いた。

「助けて、くれるんですね。」

今度は頷かずに、

「死にたくないのね？　君は彼にコントロールされて、自殺させられてしまう、だから彼を止めてほしい、私にはその力がある筈、なぜならあちらの世界の存在だから、ということね。」

「あなたたちはやっぱり、人間をコントロール出来るんですね。いま、僕の心を読んだし。」

「読んだのではなくて、想像した。それからコントロールに関しては、私が勝手にやってるだけ。」

「あいつはやってなくて、あなただけが？」

「でも、本当は彼も。正しく言えば私なんかより彼の方がずっとタチが悪い、って言われたって、君にはなんのことだか分らない。この間泣いてたのもそれと関係がある。君は困った風だった。」

やっぱりこちらに気づいてはいたのだ。

「今日来てもらったのは他でもなくて、君がいつも疑問に思っているだろう点について……そう、信じられないでしょうけど、私が君をここに呼んだ。来る途中でいろいろ見たでしょう。君たち人間はそれを、見たとは言わず思い出すとか回想するとか言うわけだけど、あれは私が見せてた。扉が開いたり開かなかったりを君に提供してた。これは二重のルール違反。その一、人間にいろいろなものを見せてはならないから。その二、私は君の担当ではないから。それでも――」

雷。前にも鳴った。父に叱られた日、父が打《ぶ》たなかった日……

「上が本気で怒ってるみたい。大丈夫、あなたに危害はない。いくら現場が勝手に動いたからといって、あなたたち人間に上が直接手を下すことは出来ない。」

「上っていうのは、その、なんていうか、そっちの世界の上層部っていう感じの、それとも死神とは全然違う、ほんとの神様……」

「死神も本当の神ではあるのだけれど、君たちからすると、死ってつかない方の、という意味ね。」

「あなたも、僕を殺すんですか？」

「ごめんなさい……」

「なんであなたたちはそうやって、仕事っていう名目で人間の命を、簡単に――」

「そうではなくて、ごめんなさいといったのは、今日はもう無理なので。君にもっと言わなければならないこと、あるのだけど、私、かなりの力を使ったから、こうやって話すのもきつい。来てもらっておいて悪いのだけど、帰って。雨はもうすぐ上がる。」

女の人が言う前には上がっていたようだ。最初から降っていなかったかもしれない。日の当る地面はまだ濡れていたが、それさえも、雨ではなく長々と照った日光の結果だ、きっと。

だがその後も時々、快晴の天気予報を無視して雨は降った。人一人、車一台通らない灰色の街を歩いて、ただ一軒だけ灯をともしている本屋に辿り着き、話を聞くのだった。

「同僚ではない。君の担当である彼を同僚と呼ぶと、仲間、という恰好になってしまう。ではなくて、たまたま同じ仕事をしている存在、と言いたい。事実、一緒に行動したり仕事をしたりは、まずない。彼が担当する人間にこうして接触するのも、我々の世界では御法度《ごはっと》。」

「最初の日、僕は、あなたに、ここに連れてこられた、というか導かれたことになるんですね。ルール違反によって。」

「似てるって、思わなかった？　あの女の子と、私。」

「……小学生の時、あの出てきたり消えたりするビルに、二人で行った。あなたに会った最初の日、あの子を思い出して、というか、確かに……」

「改めて言う。お久しぶりです。あの子、です。いろいろ戸惑わせてしまって申し訳ない。君の担当でない私があの頃といまと、なぜ姿を変えてまで出てこなければならないか。君がこれからどうなるのか——それにしてもよく降る。もしも君がこの雨で不安になっているとすれば、ルール違反のこの状況を見直した方がいいかもしれない。」

「雨は、上の人たち、じゃなくて神様たちが怒ってる証拠なんですね。」

「君たちと、君たちに近いところで仕事をする私たちへの意思表示。警告。この間、君が父親に叱られた時も。」

「なんのルール違反だったんですか。」

「私ではなく、彼の。父親が、いつも通り君を盛大に引っぱたきそうだったから、それを食い止めた。やろうと思えばそういうことも、私たちは出来る。毎回は無理。いつか私がここでそうなったように、力をずいぶん使わなくてはならないから。言っておくけれど、この世界の雨が全部上の怒りの結果、というわけではない。」

「僕の自殺は、やっぱり何も変らないんですか。それともあなたの力でなんとかなるんですか。」

「切実で難しい質問。君の言う、なんとかなる、の通りになんとかなるかどうかは分らない。」

「あなたが、あいつに代って僕の担当になるんですか。」

「だから、これはルール違反。担当する人間を交換したり横取りしたりは、許されない。君の担当は彼。いまだって、私と君をきちんと認識している。こっちを見ている。」

思わず外の雨を見た。死神。女の人に一瞬目を戻して、また見た時には消えている。

「前にもここで彼と鉢合せしたと思うけど、律義にルールを守って中には入ってこない。彼の担当である君と一緒にいる私の方はルールを破ってるのに、互いに接触してはならないというルールに従って、彼はあれ以上近づこうとしない。今日はここまで。」

「来る度に訊いてすみませんけど、僕は、どうなるんですか？」

「未来を予言は出来ない。というより、君がいつどうなるのか、私には見当もつかない。彼がよく言うように、人間には悪い癖とか欠点がたくさんあるけれど、これからどうなるのか、明日何が起るのか、と先を知りたがるのは本当に気の毒な習性。」

「なんのためにルールを破ったんですか。」

「言えない。ルール違反の真っ最中に訊かれても答えられない。結果が出れば全て説明出来る。」

「結果はいつ出ます？」

「結果が、出る時。」

「いいえ、これは決して夢ではない。君にとっては夢にしか思えない出来事、あのビル、猫、こうして喋っている私、降ったりやんだりの雨、残念だけど夢はどこにもない。」

もう日差が戻ってきている上空から急降下してきたあいつが、一睨みして消える。悲しそうな目だと感じたが、見間違いかもしれず、あいつに確められもせず、女の人にも言えない。

「先がどうなるか分らない私にも、分っていることが一つだけ。というよりルール違反の結果、何がどうなるか、君はもうすぐ知る。いえ、君の最期が近づいているという意味ではなく、実は、こうして会っているのとは別にもう一つ、私はやってはならないことをやった。予言も断言も出来ないけど、たぶんもうすぐ結果が出る。」

出た。まず、報道。報道の周辺に関しての報道。

初めは、報道の厚意によって。悲劇の生き残りである男性教師に当初から寄り添う姿勢で伝えてきた地元紙の記者が教師本人に、この出来事をよからぬ方向に捻じ曲げようとする力が密かに働いている、東京のキー局が、ひどい噂《うわさ》を丸呑みにしてそのまま垂れ流しにしようとしている、と漏らしたらしい。

教師は先手を打って記者会見を開き、曰く、報道や表現は自由になされるべきものと考えるが、当事者を傷つける悪意には抗議しなければならない、故人は反論の機会を永久に奪われている、自由な報道を信条とする皆さんであればこそ、自由とは何をやっても許されるということではないと、よくお分り頂けると思う、事実に基づかない安易な報道を準備しているマスコミが、もしもそれを実行せずにおくなら、故人の名誉が守られると同時に、マスコミ自身の健康で正常な能力の証明ともなる……

当事者を傷つける悪意、事実に基づかない安易な報道、なるものが具体的に何を指すのかがデカデカと載っている新聞の地方面を自慢気に見せびらかした父は、

「薄汚いな。」と呟きながら息子に同意を求めた、というか同意するのが当然といわんばかりの、こういう事柄を批判する権利を与えられている、いや自分の力で権利を勝ち取ったのだという顔。

「ビダンだと思ったらこれだ。男はこうあっちゃいかん。」

美談、なのだろうが、美男かもしれない。というのも新聞は、確かに美男美女である男性教師と女性会社員の悲劇を、これまでと全く反転した形で報じていたからだ。


新聞とテレビの報道、学校での噂話、それを含んでいる本屋の女の人の告白内容、さらに男性教師が自らの罪を悔いて公表した故人との間の出来事、これらはだいたい一致していた。

初めは誰も、女性会社員をレイプしよう、レイプさせよう、などと企んではいなかった。男性教師が勤務する高校では、初めのうち、授業の合間や、廊下ですれ違う時に、生徒たちが結婚間近のその教師を冷やかす程度だった。

在校生の中に相手の女性会社員の親族がいて、どうやらかなりの美人であるらしいとの

話が広まった。出回った写真では確かに、こんな地方都市には珍しいというほど目鼻立ちが整っていた。冷かしが退く代りに、授業中、板書で生徒に背を向けている男性教師の足許へ、消しゴムの欠片《かけら》が飛んだりするようになった。教師は、教師らしく、声を高くして誠実に叱った。

あるクラスで、背中に何かが当り、こーら、と振り向くと大きめの紙つぶてだった。男性教師がわざわざそれを開いてみたのは、紙を投げてよこすんだから何か書いてあるんだろうな、という態度で生徒のいたずらを押え込むつもりだったからだ。なーんだ、せっかくノートを破ったのになんにも書いてないじゃないか、期待してたのに、とでも言おうと準備していたかもしれない。一枚上手《うわて》なところを見せればこの場はどうにか切り抜けられると楽観していて、おかしくはない。

余裕の手つきで紙の皺を伸ばし、動きが止った。あとで事件が明らかになった時も、あの紙に何が書かれていたかは、自分が投げたのだという生徒の証言なるものが週刊誌に載ったりしたものの、公にならなかった。紙に字を書いた者と丸めて投げた者とが同一人物なのかも、その誰かが事件に関わっているのかどうかも。ただ一つ、その時の教室で紙つぶてが投げられたのと同じくらいはっきりしていたのは、男性教師の声だった。紙を再びつぶてにし、ポケットに入れながら思わず、ざけんな、と漏らした。生徒の声が、えー何、いまの、と飛び、別の声が、謝って下さいよ、と続いた。教師は答えず、授業に戻った。

各教室で男性教師への投擲《とうてき》が起り、激しくなっていった。もはや、教師らしく叱りはしなかった。何が飛んできても拾い上げず、代りに横へ蹴った。時には生徒側に蹴り返した。生徒の方からも、謝って下さいの声はもう出ず、それでもまだ、疑問と抗議を含んではいる失笑で、どうにか教師に向き合おうとはしていた。

男性教師にとって全く突然だった。結婚相手の女性会社員が、二人だけになるのを待っていたように泣き出し、自分の口から出る言葉に自分自身で抵抗しているように、そうとしか思えないほど拳で膝を殴りながら、一番言いたくないことを、言いたくないからこそあなただけに言う、と断った上で語った。自分を地獄に突き落した男たちが、明らかに十代後半、高校生らしい年齢でさえなかったら、こうして告白していなかったかもしれない、もしもあなたの職場である高校の生徒だったとしたら、いや、男たちがどこの誰であろうが隠しておくことは二人にとっての大きな障害になる、というよりは二人揃って全くの泣き寝入りを強いられるようで、悔しいより何より事実を黙っておくことが最愛のあなたに本当に申し訳ないと感じるので、と言った。自分の言葉と戦いながらも、最愛、という部分を一番はっきり発音した。

男性の方は何も言えなかった。口に出せる言葉などあるわけがなかった。つらいだろうによく話してくれた、ありがとう、と言うのが最も誠実な気がしたが、誠実過ぎていやになったので言わなかった。手を肩に添えようとして、やめた。いまはこれ以上話したくない、と女性の方から言ったのが、まるで、喋れなくなっている自分への気遣いに思え、そう思うのがまたいやで、黙って頷いた。

数日経って、僕に出来ることは、とやっと訊いた。告訴したい、と女性が言った。この間はあれ以上喋りたくなくなってしまったが、本当は初めからその意図があってあなたに事実を告げたのだ。私自身勇気を必要とすることだし、あなたにとっても大変な負担になるだろうが、どうか助けてほしい。いきなり警察へ行くべきか、それとも信頼出来る弁護士を見つけて相談するべきだろうか。あなたの意見を求めてるわけじゃない。こんな目に遭った私は絶対に告訴に踏み切らなきゃいけない。そうしないとこの間言った通り二人とも泣き寝入りになってしまう。つまりこの決断と行動は、あなたのためでもある。

今度は男性教師も、自然と言葉が湧き上がってきた。前回は誠実過ぎると感じて迷った末にほとんど何も言えなかったが、今日は相手への驚きと尊敬が来て声になった。

すごいね。ほんと、勇気あるね。

すごいかどうかはこの際どうでもいいんだけど。

僕の身に起ったって考えたら、同じように出来るかどうか自信がない。

あなたの身に起ったことじゃないし、そうだとしても同じ行動を取る必要はないと思う。

今回のことで行動するのは私。その私の傍にずっといてくれればいい。いてほしい。

女性の自殺のあと、東京のテレビ局に、故人の親族である高校生の情報が匿名の視聴者からもたらされた。疑いながらも、系列局の記者がその生徒に接触した。話が聞けた。

結婚するという男性教師を冷やかしてやろうとの目的で、同じクラスの何人かがその生徒を半ば脅して顔写真を手に入れた。男子たちはすごい美人だと騒ぎ、それが女子たちの間に男性教師への反感を呼んだ。校則を守れとか高校生らしくしろとか、逆にもう子どもじゃないんだからとか散々説教をする立場なのに、自分はきっちりやることをやっている。許せない。許しちゃいけない。この写真の女をめちゃくちゃにしてやる。めちゃくちゃになった特別な花嫁と、男性教師の何も知らない間抜け面を見届けてやる。知っていればいたで間抜けだけど。

周りの男子たちは怖がって逃げ出した。執念の捨て場がない女子たちは、他校の知っている男子たちを焚《た》きつけた。その時は女子たちも、まさか本当にそうなるとは思っていなかった。

勇気あるね、傍にずっといてくれればいい、の話をしたあと、実際に告訴その他の行動のないままに、女性会社員は命を断った。

性被害についての報道が頻繁になり、警察が動き、実行犯を特定、逮捕した。男性教師は再びマスコミの前に出た。彼女の行動力に応えてやれなかった。自分としては勢いに任せる形ではなく、様々な状況を見極めて準備が整ったところで彼女と一緒に行動に踏み切るつもりでいた。そういう自分の意図をもっときちんと彼女に伝えるべきだった。というよりも……これは想像だが、僕は彼女を以前と違う目で見てしまっていたのではないか。そんなことある筈はないが、ひょっとすると、あんな目に遭ったことを何か、すごく、汚いこととして、彼女を汚れてしまった存在として捉えていたのではないか。平穏な生活をしている人たちの世界から遠く隔たった異質な人間になってしまったと思っていたのではないか。なんの落度もない彼女を僕自身が、遠ざけようとしたのではないか。あり得ないが、しかし絶対にそうでなかったと言い切れるだろうか。彼女の方は、口に出して言いはしなくても、自分を見る僕の目が変ったと感じていたのではなかろうか。

「そういう微妙な表現をしてはいたけれど、あの男は間違いなく相手を、ほとんど蔑《さげす》んでさえいた。」

晴れが二度とやってこないかのような、雨の前後に何もなさそうな雨。死神は軒端《のきば》。

「あなたにはそれが分ったんですね。」

「心理は読めない。ただ、二人を見ていてそう確信した。あの男は、ベッドの中で、明らかに相手を拒んだ。あの男は、彼女が求めても、一度も応じなかった。彼女は、周囲がびっくりするほど髪色と化粧を明るく変えた。誰もが、結婚が近い女性特有の幸せな変化だと思った。男の態度は変らなかった。彼女は言った。やっぱり駄目、だよね、いくら元通りの自分でいようとしても、逆にこれまでの自分とは違うんだと思っても、どっちにしたって、あのことの以前には戻れないんだもんね。マスコミ相手に喋ったように、男も男なりに悩んではいたらしい。きちんと彼女と向き合って、二人の将来を揺るぎないものにしないといけない。そう思えば思うほど、恐らく男は、無力感を抱いた。不可能を感じた。それを口には出さずに、それまでと同じように、あるいはもっともっと強い愛情で、関係を結ぼうとした。駄目だった。事実が明るみになってからの男の、遠く隔たった異質な人間になってしまったと思っていたのではないか、というのは正直な言い方。だけれど、大事な人が死んでしまったあとになって、人間は、人間の男は、罪滅ぼしだと言わんばかりに、素直で誠実になる。理解、出来ない。当り前ね、私は人間ではないのだから。人間になりたいとも思わないのだから。」

話があまりにも急激で、深刻で、おまけにベッドの中での人間関係まで出てきて、私は、話の中の男性教師みたいに黙っていた。

「もう分ると思うけど、テレビ局に真相を伝える電話をしたのは私。それが、ルール違反の限界だった。そう、やろうと思えばもっと出来た。死神としてあるまじきことに、人間を、自分が担当する人間の女を、かわいそうだと思った。だから、せめて、彼女以外の人間たちに知らせたくなった。告訴を考えていた彼女に報いるためなどではなく、私の意思がそう望んだ。だけど、自殺そのものを、止めはしなかった。」

軒端を指差して、

「あいつも、あなたも、自殺する人間専門なんですね。」

「専門というより、専任。大往生であるとか他殺であるとか、事故死であるとか、だいたいの枠組が決められている。彼と私は同じ枠内だから、このくらいの距離で接触は可能。」

「……レイプされた、人間の女を、かわいそうだと思ったのは、自分も死神の中の女だから、ですね。」

「そこは非常に説明しづらい。人間に合せた姿形で、私たちは現れる。その人間が見たい姿の場合もあれば、当人自身に近い姿、という場合もある。担当する一人の人間に対して特定の一つの姿、というのが基本だけど、それも現れる現れないの判断と同様、現場の私たちに任せられてる。あなたも知っている通り、私たちは誰にでも見えるわけではない。担当する人間の目に一度も触れないことも多い。現れるのはたいてい、仕事に差障りが出そうな場合。」

「差障り？……自殺を受け持つ人、じゃなく死神にとっての差障り……担当する人間がなかなか自殺しそうにない時、ですか。」

「いつか必ずそうなると決った人間に対して、しそうにない、というのはやや違う言い方ということになる。人間の世界で、しそうにない、というのは絶対に自殺などする筈がないと思える場合では？　もしくは、あの人全然そんなことしそうになかったのに、人は見かけによらない、と、起ってしまった事態にあとづけする形。差障りと言ったのは、いま話した件がそうなのだけど、こちら側の職業意識に揺れが生じて、担当する人間に同情、接近し過ぎるような場合を指す。原因は、こちらにある。」と軒端を見た目をすぐ戻して、「ほら、上が怒っている。これ以上は私にも言えない。もし言うと、いくら現場に手出ししない決りになっている上だって、君に何もしないとは言い切れない。なかなか所定の行動に至らずにこちらのことを嗅ぎ回ってる君を、どうにかしてしまうかもしれない。上のことに関して、現場の私や彼に分らないことも、実は多い。」

女の人は泣いていた時よりももっと泣きそうな目でまた軒端を見た。

「死神は、担当の人間の自殺を、止められないんですか。それとも、やろうと思えば、できますか。」

「君に妙な期待を抱かせるのは酷だからもっと正確に説明しなければならないのだけれど、止められるのかどうか、止めたことがないので説明のしようがない。遠い昔の、決定的なルール違反としていくつかの伝説が残ってはいる。人間が列車や自動車に乗るようになるよりも、それどころか大きな船に乗って大海原に出てゆくよりも、前のこと。」

「もし自殺を止めたら、あなたたちはどうなるんですか。」

女の人は私の言葉を聞きたくないのか、雷が怖いのか、耳を手で塞いだ。

「言いたくない。恐ろしい。私たちが私たちでいられなくなるということだけは確か。許される範囲のルール違反に留まっている私にも彼にも、本当のところは分らない。テレビ局に匿名で伝えるというだけでも、私にとっては重大だった。伝え方によっては危険だった筈。勿論、あなたとこうして喋ってることも。」

「じゃあなんで、あ、大丈夫ですか。疲れてませんか。」

「あなたに心配される筋のことではない。そして、まだ喋れる。」

「なんであなたは、そこまでするんですか。僕が子どもだった頃にあの女の子として出てきたり、ここで、ルールを破って僕と話したり。」

「感情は？」

「え？」

「あの女の子だった頃の私のこと、好きだった？　そういう感情があった？　あったのだとしても、自分の感情をきちんと自覚していたとは限らないけれど……」

好きだったというはっきりした記憶はないが、いまこちらを見ている女の人を、綺麗だとは思った。言わなかった。

「感情というのは、やっかいなもの。影響されると大変な目に遭いそう。」

私のことではなく、自分自身の感情のことを言っているらしく、どういう種類の感情を指しているのかは、なんとなく分るようでもあったが、やはり言わなかった。

女の人の言った感情が具体的にどうやっかいなのかが本当に分ったのは何年も経ったあ

と、というよりつい最近になってから、のような気がいまはしている。

当時は、何と何が、誰と誰がどんな関係なのか摑み切れないまま、無人の雨の街で女の人の話を聞くばかりだった。私はあい変らず、なぜ女の人が担当でない人間の前に現れてこんなことをしているのか、自分がどうなるのか、死の決断がいつやってくるのか訊いていたのだったが、相手は答える代りに、これまで仕事上で見聞きした人間の世界のこと、いつか言った過去の伝説的なルール違反を語った。いままでに読んだどんな小説とも違っていた。

「なぜ君に話をするか？　知りたがるというのはいつまで経っても改善されない人間の欠点。何かが起る時、人間はそこに原因、理由、意味を見出そうとする。結果として純粋な原因が発見出来なくても、無理やり偽物の原因を設定しなければ気がすまない。例えば気象がそう。この海域がこの海水温だからこういう具合に雲が湧いて、台風になって近づいてくる、だから雨が降る。近づく？　日本列島に？　台風に意思があるというわけ？　そもそも、日本、台風、そうやって何もかもに名前をつけて、よく平気でいられる。これは、逆でしょうね。ありとあらゆる人や物や出来事に名前をつけなければ、君たちは不安で仕方がない。じぶん、わたし、あなた、あいつ。誰がなんという名前であるかを、自分についても他人についても把握しておかなければ生活出来ない。人間が誰になんという名前を冠しようと、最後はこちらの管轄下。私たちがいなければ、人間は死ぬことも出来ない。」

「ちょっとひどい言い方だと思うんですけど。」

「君たちは、死でさえも人間の力の範囲内だと思ってる？　それは、君はそういう死に方をするのだから、そう思っても無理はない。自分で決断するのだ、自分の意思で死を選択するのだ。けれども、君も知っている通り、選ぶのではない。決められている。」

「そっちが勝手に決めてるだけでしょう。あなたたちさえ、あなたたちさえいなかったら、そうしたら……」

「自分で死を選ぶなんてする筈がない？」

「僕だけじゃない。自殺だけじゃなくて、全部の死に方がです。病死には病死の、他殺には他殺の、専任の、死神がいるわけでしょう。そのあなたたちさえいなければ、人間は死なずにすむ。」

「私たちと君たち、どちらかだけが存在してどちらかは存在しない、ということはあり得ない。どちらかが先に存在していたところへどちらかがあとから出来たのでもない。別々の立場ではあるけれど、単独で存在することは出来ない。」

「そんなの、そんなの分らないじゃないですか。あなたたちさえ人間に関わろうとしなければ、そうすれば……」

「そうすれば、人間は死なずにすむ。永遠の命を手にした人間たちでこの世界はいっぱいになって、どこにも行き場がなくなる。だからといって、多過ぎる人間を人間自身の手で減らそうとしても、死が奪われた世界では誰も死なずに、人間の上に人間が積み重なってゆくばかり。」

「それじゃいけませんか。死なんかない方がいいに決ってる。死の願望を抱えてる僕が、というより自殺と決ってる僕がこんなことを言うのはあなたから見ればすごくおかしいでしょうけど、でも、死なずに、ずっと生きる方がいい。永久に生きるのなんか無理だ、この世が人間で溢れ返ってどうにもならなくなるじゃないかというのは、逆に人が死ぬことを前提にした見方でしかないでしょう。人間が死ぬからこそ人間の歴史は続くんだ、だから死なないのは困るじゃないかっていう見方。だけど、もし本当にあなたたちがいなくなって死がなくなれば、あなたたちとは違う、死という字がつかない方の神様が、いまの僕とかあなたが思ってもみないような世界を実現して、つまりなんていうか、あなたたちが人間に死をもたらすのと反対に、絶対に死なない世界が現実になって、人間の死という概念そのものがなくなって、いまの地球の姿とは違う世界で、人と人が積み重なってぎゅうぎゅう詰めになったりしないで生きてゆけるようになるかもしれないじゃないですか。」

「人間が、君の言う神の管轄に移るのは死後。天国か、地獄か。」

「あなたたちがそんなこと言うから。死とか地獄とか、人間を好き勝手に翻弄して、いい気になってるだけだ。」

　ずいぶん気障ったらしい台詞だと思った。

「君のように考える人間は時々いる。君の考えに似ていようがいまいが、当然、考えは考えなのであって実現はしない。」

日本が戦争を始める頃の、画家を目差していたある男の話。絵の中に理想を描こうと思った。不穏な気配の世の中だからといって軍国主義的なのではなく、かといって戦争反対平和讃美の単純でもない、ほとんど本人以外は理解しようのない、好戦派反戦派双方の介入を受けつけない、どのような主義主張にも頼らない、絵であるという以外に絵であることを証明しようのない作品ばかりだった。

そしてある日、これがいまの時点で全力の作品である、とまで胸を張る大がかりな一枚を描き上げたのである。これまでの仕事と同様、どうにも摑みどころのないものだった。ある人には向日葵《ひまわり》の花に見え、別の人には昆虫に見えた。一人が、これは大昔の風景だと推測すると、いいやずっと何百年も先の世の中を空想で描いているのだ、ともう一人が言った。海にも見えるし空にも見えた。赤かと思うと白かった。別々の人が別々の主張をするならまだ分るが、一人の人が、きのう見た段階では、これはどう見ても自分自身にそっくりだと断言したのに、今日になってみると、勘違いだった、どうやら自分の娘の肖像のようだ、自分には娘はいないがそんなのたいした問題ではない、どう見ても娘なのだから、この絵の通りの娘がどこかにいる筈だ、とおかしなことを言って周囲は眉をひそめた。

最後に、というのは結果的に最後になったということだが、男の母親がやってきて見た。男はこの渾身《こんしん》の問題作を密かに「世界」と題していた。誰しもが別々のものをここに見出し、そのどれもが本当で、本当だからこそ何が描かれているのか真相は分らない、これこそまさしく、一つの世界と呼ぶにふさわしい、戦争へ暗転するかもしれない不安定な世界の実相を描き切ったのだ、母はどれほど喜んでくれるだろうか。

母親は一目見るなり、まるで嘘を暴かれた罪人の顔で、どうしてあんたにこんな絵が描けるの、絶対描ける筈ないのに、どうして、と訊いた。

息子は得意になった。よくぞ見抜いてくれた。俺は絶対描けるわけがないものを描こうとした。決定的な真実を描こうとした。そして描けた。教えてやるよ、題名は、「世界」。

「世界」？　そうじゃないでしょう。いまあんたの口から本当の題名が出たじゃないの。

俺が、いま？

決定的な真実と言ったでしょう。この絵の題名は「真実」とするのが本当よ。だってこの中に全ての真実が表されてるんだから。あんた、真実を誰から聞いたの。

誰からも、何も聞いてなんかいないよ。だってこれは俺が俺自身の感性と体を使って描き上げたんだから。

ああ、あんたは誰からも聞かないうちに、芸術家の感性で真実に気づいてたのね。感性と、絵を描く体、あんたにしかないものを全て使って、真実を発見したのね。

だからこれは、真実というより世界なんだよ。

だとしたら、世界が真実のように硬くて小さなものだということにあんたは気づいた。そして、掌に納まるほど小さな真実が逆に世界としてあんた自身を包み込んでしまうほど大きなものでもあるということに。

どうしてそんなに悲しそうなの。

あんたがあんた自身の真実に気づいてしまったから。つまり、母である私の真実に気づいた。まだ分らないの、私はあんたを決して、絶対に、産みたくなかった。その通りのことがこの絵に描いてあるなんて。

産みたく、なかった?

そう、あんたを身籠る前、私には私の将来があった。一生懸命勉強して好きなことを仕事にしたかった。学校の先生になろうか。無理かもしれないけど英語を勉強してみたくもある。そんなのじゃなく、近所の会社に就職して人の役に立つものを作ったり売ったりするのもいいかもしれない。だけど世の中は、世界は、私にそういうことを許さなかった。女が生きてゆくためにはそうするのが一番いいと誰もが信じている習慣に従って父が見つけたある程度のお金持、つまりあんたのお父さんと結婚した。した、ではなくてさせられたんだとあとになって実感したけど、その時は私も女の幸せは結婚に違いないと信じていた。実際世の中はそういうものであって、だから自分もこれでいいんだと思った。思っていたのだと、思う。そしてこれも世の中の習慣通りにお父さんには結婚前も結婚後も、私以外の女の人がいた。お父さんは隠そうともしなかった。お父さんの家の家族も全部知ってて平気な顔してる。これが世界か、これが女の人生か、と納得だか諦めだか分らない感情になった頃、あんたが出来た。たぶん、嬉しかったと思う。はっきり記憶してはいないけど妊娠を幸せなことだと信じて疑わないほどに、世界というものの中にしっかり収納されてしまっていた。あんたこそが世界だった。世界に身籠られた私に出口はない。あんたが初めて私を蹴った時も、蹴られているのに、足蹴にされているのに、幸せだと感じていた。そうやって幸せの枠にすっぽりと納まって安心して、順調に日々が過ぎて順調にあんたが生れてきた時、そう、産んだ、というよりあんたが勝手に生れてきたんだと思った時、一瞬、この子さえいなければという感情が姿の見えない影だけの虫みたいに、でも確かに通り過ぎたのをよく覚えてる。あんたを育ててる最中も、そんな感情なんて一度も抱いたことない、あれは錯覚だ、目の前を通り過ぎた本物の虫を自分の感情と間違えただけだ、あんまり素早く飛び去ったものだから生き物と感情を取り違えただけだ、そう言い聞かせた。だけどそう強く信じれば信じるほどあんたは感情じゃなく立派な生き物として、人間として眩しく見えた。それだけで、もう駄目だった。あんたがお腹にいてあんたが生れてきた、それは順調でもなんでもなかった。あんたを産むべきじゃなかったとはっきり分ってしまった。結婚と出産が女の幸せだというなら、同時に世界から与えられた役割であるなら、あんたさえ産んでいなければ私はお父さんの家から役立たずとして叩き出されて、晴れてこの世界で役に立たない女として自由に生きられたでしょうに、なんであんたが生れてきたのか、ううん、なんで私はあんたを産んでしまったのか、それは、この世界で役に立たない自由な女が生きてゆく道なんてなくて子どもを、出来れば男の子を産んで嫁いだ家に留まるのがやっぱり女の幸せなんだって、他の誰でもない、私自身が実感していたから。産まなければよかったとは思うけど、あんたが、生れてこなければよかったとは思わない。人間としてきちんと成長してくれて本当によかったと思ってる。だけど、すごくおかしなことなんだけど、あんたがここにいてくれてありがたいと実感してるのに、そのあんたを産んでさえいなければと思う瞬間がある。産まなければよかった、と、いてくれてありがとう、とがおんなじ強さでここにある。その母親の矛盾をあんたは直感で見抜いて、それでこの絵を描いたんでしょう。芸術家じゃなく息子の直感というべきね。ここにはその真実がそのまま表れているとしか思えない。

「日本が戦争を始めた。男は召集されて、戦争が終ったあとずいぶん経ってからどうにか本土に戻ってはきたけれど、結局、剃刀で喉を掻き切った。戦場に行けば母親の言ったことを忘れられると希望を持っていたかもしれない。賭けをしたのかもしれない。でなければ召集前に死んでる筈でしょう。戦争だけじゃなくて、きっと賭けにも負けた。周囲の人たちは、戦場でそうとうひどい体験をしたそうだ、本人の口からそう聞いただとか、絵の道が戦火で一度中断されて、帰ってきたあと、それまでのような自分の理想の絵が描けなくなってしまったのだとか、もっともらしく自殺の原因を並べたけれど、母親はその人たちに、あの子は世界の真ん中にある真実に気づいてしまったから死んだの、と言い続けた。もっともらしい人たちは、息子があんな死に方をすれば正常じゃなくなるのも無理はない、と言った。」

いくつもの例を本屋の女の人から聞いた。

中学生はいじめに苦しんで教師に相談し、それにしてもお前、ほんと目つき悪いよな、と言われた。この世での最後の会話だった。

ある高校生は、大学に行っても野球を続けるか父親の跡を継ぐために医学の勉強に専念するかで迷い、生れて初めて出来た恋人に、野球の道を行っても先はないよねと言われたのが、どうやら直接のきっかけだった。

何か言われたのではなくても、たくさんの人が死を選んでいた。治らない病気、不倫、倒産、介護、職場での序列、貧苦、他人を手にかけた末。この世のあらゆる人生や行為で、自殺につながらないことがらの方が珍しいのではないかと思えるほどだ。なのに多くの人は、苦難に直撃されてもどうにか生き延びる。それとも、生きている人たちは結局、自殺するほどの苦しみを、いまだ味わっていないということだろうか。違う。死神に取り憑かれていないからだ。

「僕だって、学校でからかわれたりくらいは経験してますけど、いじめには遭ってないし、父に打《ぶ》たれるのも、それはそういうものなんだと思ってしのげなくはないし、なのに自殺となったら、やっぱりあなたたちが取り憑いてることが原因としか思えない。」

「それは君の勝手な、と言って悪ければ、人間にとってはそうとでも考えるより仕方のないことなのであって、私たちは取り憑いているわけではない。」

「考えるより仕方がないんじゃなくて実際そう考えるしかない、というよりそうに決ってる。あいつもあなたも僕の前に出てきて、これは自分たちの仕事だとか上が怒ってるとか言ってるけど、こっちから見たらあなたたちが勝手に人間に取り憑いてるっていう事実しかない。どこまで行っても水かけ論にしかならないけど、同じ僕の命であっても、そっちから見るのとこっちから見るのとは全然違うってことなんです。それをあなた方に分ってくれと言ったって、無理なんでしょうけど。」

「ものごとがうまくゆかないのを誰かのせいにして、どうせ無理なんだと、それこそ勝手に決めつけてしまうのも、人間の不合理な特徴の一つね。」

「合理的に行動するとしたら、早くやることをやってしまえばいい、という話になるわけですか。」

「ふうん。不合理、というこちらの言葉に対して、合理的に行動すると、という言葉で反論するとは、こうして私と話す間に君もずいぶん成長したものね。」

不合理に対し、合理的という言葉で応じたくらいでそう言われるのは悔しいが、相手が死神であれなんであれ、誉められたのだから嬉しくもあった。

成長と言われれば確かに、ここへ来て話をしている間に、だらしなくといおうかどうしようもなくといおうか、成長してしまっているらしかった。画家の話が始まってから終るまでの間に、高校生活の三分の一くらい経っていたのではないかという気がする、というよりきっとそうだったに違いなく、そうではないと確めようもなく、自分はそうやって時間に出し抜かれて、自分の方でも時間とか時間の流れとかいうやつをしっかりばかにして、時間をやり過し、いつか来るらしい、死神たちに言わせれば私自身の意思によって必ずやってくる筈の、その瞬間を、無駄かもしれないが先延ばしにしようとしていたのだ。

あとで考えてもあの頃は、本屋の女の人の姿をした死神と会話し、そこを出れば私の担当であるあいつの、職業意識全開の視線と言葉を浴び、とただそのくり返し。勿論、ろくに学校にも行かずにこの本屋だけを目当てに高校の三年間を過したわけではなかった。むしろ、無断欠席もなく真面目に通っていたとは思う。とりあえず父に打撃の口実を与えないためにだけ、通った。死にたい死にたい以外になんの趣味も特技も財産も、ばかりか十代らしい鬱屈さえ抱いている余裕もなく、その暇なのか忙しいのかよく分らない時間を引きずり、時間をごまかし、自殺をごまかし、さも学校に流れる時間だけがたった一つの正常な時間なのだ、というふりをすることが、通学、だった。学校は、自殺の反対側にあるからといって決して生命力に溢れた、生き物らしい、まして人間らしい顔などしていなかった。私が学校の顔を見間違えていただけだろうか。

例えば、同級生が、呼吸するついでのように、なんかつまんねえな、と言う。別の時に別の生徒が、私に向ってではなく、今日の帰り、どこで何食う、と友人に話しかけている。廊下を走る足音、叱る教師の声。予鈴、本鈴。軋《きし》む椅子。授業中の無言。ただ、音であったりなかったりするそれらが、どういうわけか当時の私にはとてつもなく不思議だった。音や声は単純に発せられ、受け取った側は返事や反論や時には無視を、反射的にくり出すだけだった。どこかで欠伸が起る。せっかくの欠伸なのに、間抜けな音として聞えて消えてゆくだけであり、音に伴って窓が開け閉めされたり、チョークが宙に浮いて黒板に図形が描かれたり、誰かの髪を束ねているリボンが固く結び直されたり、といったことがあってもよさそうなのに、女子生徒が自慢のリボンを、あ痛っ、と手で押えたりはしないのだ。そんな現象くらい起ってもよさそうじゃないか、と私が考えるのは当然死神がいるからだったが、もしそうやって死神がいたずらをしたとしても、自殺から逃れられるわけではない。何も変らない。何かがよくなるわけではない。でもせめてそんなことくらいやらかせばいいじゃないかと、

「なんで思うんだ？」

「それ以外、面白そうなことを、思いつかないから。」

「寂しいやつだな全く。もうちょっと手応えのある人間を担当したかったよ。」

こういう会話だって、こういう会話にそっくりで見分けのつかない、でも全然別の会話だって、いかにも短時間のうちの散発的なやりとりに思えながら、案外長い時間をかけていたのかもしれない。長い会話の記憶をなくしてしまったか、死神たちの都合で記憶から抜き取られて、自分は抜き取られたとは思っていなくて、単に忘れてしまった、と勘違いしている、だけだろうか。作家になったいまも？


あい変らず、上の怒りが地上に及ぶ寸前の状態で、本屋に通う日が続く一方、高校の成績は、父の平手の効果なく低下、そのまま平行移動。テスト前だけ、欠点を免れるための間に合せに、同級生にノートを見せてもらったりする。漢字、数字ではなく、絵か記号か象形文字かというほど意味不明。数式か？　化学式？　それともなんとか事変の年号だろうか。とても数字には見えないが、授業をまともに聞かず、参考書どころか教科書を読み返しさえしない自分が知らないだけで、これは歴史上の大事な出来事を示すための、この事変のためだけの特殊な書体なのかもしれない。こうやって全く知らないところで人間の世界における歴史や学問はどうやら組み立てられていて、こっちを置き去りにしたままこれからも続いてゆくものらしい。どこから始まってどこへ行くか。数式や英文の形をした列車が通過してゆき、しかし自分が立っているのは駅でも線路際でもない野原なので追いかけようがなく、それでも人間の歴史がかける急ブレーキが、方角とも呼べない不思議な方角から、ひょっとすると踏みつけにしている足許から聞える。

そういうものを見たり聞いたりしながら高校生活が過ぎてゆく。ノートを見せてくれた恐ろしく親切な同級生に、こんなにびっしりノート取ってたらいろいろ見え過ぎたり聞え過ぎたりして疲れない？　と訊いた。見えるか聞えるか知らないけど、いつまでも全部覚えてたらやってられないだろうな、テスト終ったら忘れてるだろ。でも結局何を覚えたのかよく分らなくて忘れようもないんだけど。お前って、やっぱりちょっと変だよな。こんなに変だとまずいかな。別にいいんじゃないの、俺が変なわけじゃないし。

という会話にしたところで、将来という列車が否応《いやおう》もなく近づいてくる高校三年生の年の、まるまる一学期分くらいを使って交されたのだきっと。

怒る、上。本屋通い。まだ生きている。

「本当に死ぬなんてどうしても信じられない。ここまで来たらやらずにすむ、なんてことはないんですか。」

「ここまで、とは？」

「よく分らないですけど。」

「私に期待しても君のためにはならない。」

「じゃあどうしていなくならないんですか。」

「どうして君はまだここにいるの？」

本屋の中でのやりとりを黙って見ているあいつが笑う。そういう時、少し寂しそうに見える。人間である自分の目にそう映っているだけだ、死神が寂しかったり悲しかったりするわけがない、女の人の涙だってこの世で涙に見えているだけで、死神とか、神の世界では、

「全然別の意味なんじゃないんですか。」

「例えば？」

「たぶん、人間の世界とは正反対の……」

「では彼が君から見て寂しそうなのは、実際には楽しい証拠？　逆に君をからかう時は、君を思いやっている？」

「なんていうことは、どうせないんでしょう。」

「そんな風に人間特有の諦め切った顔で素直に同情を求めたりせずに、死神の表情に君自身がどんな意味を見出せるか、少しでも考えてみては？」

あいつの顔をばか正直に観察したりするうちに、なんの音も立てずに高校生活が過ぎ去

ってゆき、受験。偏差値最低の線にしがみついているこの地域の進学希望者が最後に頼りとする、極小弱小私立大学のみ突破。父の命令により目差していた国立は敗退。

「これ以上ない決行の舞台じゃないか。しかも設《しつら》えたのはお前自身と来てる。せっかくの努力を無駄にしたくはないだろ、え？」

そう言ってにやけるのが、こっちを心配している証拠？　冗談じゃない。表情通り本当にばかにしている。からかっている。

その本当の敵を黙らせるために面と向って、あるいは本屋の女の人に、そりゃそうとあんたたち二人、ひょっとしてつき合ってるんじゃありませんか、少なくともどっちかが片思いっていうか、片思い同士の両思いっていうのか、そういう関係が上に知られちゃまずいんじゃないですか、と言っていたらどうなっただろう。上が本当に怒って雷が大量に落ちたり、地面がひび割れて何もかも呑み込まれ、人間の世界が消滅したりしただろうか。

でも言ってやりたくてやりたくて仕方ないのに結局言わなかったのは、天変地異が怖かったからではない。では、なんだったのだろう。人間の生死を上から見下ろしている、人間を商売道具としか思っていないやつらに、なんでそれだけのことも言わなかったのだろう。礼儀？　死神に対しての？　それはそうかもしれない。命を人質に取られた形ではあっても、あの頃、あんなに身近に接して、言葉を、それも一人の人間にとってこれ以上ないくらい深刻な事柄についての言葉を交していた相手は、家にも学校にもいなかった。そのあいつと女の人に、興味本意のからかう言葉は、やはり言えなかったのだ。

一番近くにいる死神たちに気を遣いまでしている息子に対し、父は言いたいことを言ってのける。

「あんなところか。あんなところにしか行けんのか。」

私の存在をこの世の中で掬《すく》い上げる、というよりほとんど発見してくれたに等しい私立大学は、こうして父によって名前を奪われ、あんなところ、になった。父は世の中を世の中と呼び、男は男、女は女、私をお前、母をおい、と呼ぶ。

父だって、いろいろな人や物や会社、学校を、勝手な呼び方ではなく、父が本当は口にしたくもない正式な名称で呼ぶ場面はあった筈だ。しかし、正式などと大げさに言ってみても、私は私の名前を自分でつけたわけではないし、件《くだん》の大学だって大学自身が大学と名乗っているわけではなく、曲りなりにもその大学を必要としてそこを作った人間がつけた名前に過ぎないのであって、いわば名前なんていうものは何から何まで、正式ではなく仮の名前でしかないようなものだ、と私が言うと、女の人がいつか言った名前についての話を借用しているだけだと気づいているのかどうか、

「確かにな。俺たちは、死神、という名前でここにいて、人間の目に触れてはいるが、ほんとの居場所がどこなのかは、分るようでよく分らない。正式名称は、なんて訊かれた日には、宇宙の端から端まで、そうだよ、宇宙と名づけられただだっ広い空地の、ここらへ

んが端と呼ぶべきところらしい、という地点まで探し回って、誰が正式って決めるのかもよく分らないが俺の本当の名前に出くわさなきゃならなくなる。この宇宙だけですめばいいが、別の宇宙まで出張しなきゃ見つからない、かもな。俺の本当の名前はなんだ。お前、ほんとはなんていう名前だ。」

真剣、いや深刻な目であいつが言った。人間の私の親である人間の父は、そんな本気の目をしたことはないから、正式とされる仮の名前でいろんなものを気安く呼んでいたに違いない。父はわがまま、傍若無人、そう私が決めつけているだけであって、いや、父は実際、誰の手にも負えない御立派な御亭主であり御父上であったのだが、それだって、傍若無人の名の許に鎮座する父でしかないのだから、その名を引っぺがして、こんな父にもある筈の、こんな父でしかないと私が思い込んでいる父にもある筈の、もっと穏やかな、人間的な名前をちゃんと呼んで、目を見て話してさえいれば、三十年も経ってわざわざこんな文章を書く必要はなかっただろうし、

「いまだに俺に取り憑かれてなんかいない、か？」

「いいか、父さんは卒業式には行かない。母さんにも行かせない。それから、あんなところには通うことなんかない。何浪でもして、当り前の大学へ行け。まともな男になれ、まともな男に。断っておくが、これは何もお前のことを思う親心だけで言うんじゃない。父

さんにも立場と面子《メンツ》がある。母さんは女だから面子は関係ないが、家を守るという立派な役割がある。お前は両親の立場と面子と役割に守られて生きてる。父親の面子を潰した息子の卒業式になんで間抜け面を晒《さら》しに出てゆかなければいけないんだ、そうだろうが、え？受験失敗は恥かしいこと、駄目なことだが、いい薬だ。いいか、いい薬だと思えと言ってるんじゃないぞ。いまのお前には物事を思ったり判断したりする力も権利もない。いい薬なのは確かなんだからあとは頑張るだけだ。努力で結果は出せる。いまのお前には判断もつかんだろうが全てを合理的に考えることだ。それが、近代だ。現代だ。民主主義、資本主義だ。誰かが助けてくれると思うな。世間に寄りかかるな。努力と結果。お前に欠けてるのはその合理性だ。」

「ほらほらどうした。言ってやれよ。とんでもなく不合理なやつに取り憑かれて困ってるんですけどお父様の合理的な力で退散させて下さいませ、ってさ。」

日の丸、君が代、校歌、送辞、答辞、礼服、花束。まさかと誰もが驚くような同級生が泣いていた。有言実行、両親の姿はなかった。こうして私は、あいつだけに見守られて高校を卒業したのだった。

以上が私、つまり田中の、嘘のようなほんとの十代まで、ということになる。高校卒業時は十八歳なので輝かしき十代はまだ二年近く残されていたのだが、これは決してあいつのせいというわけではなく、自分の手で残りの時間を塗り潰してしまった。

要は、何もしなかったのだ。父の言いつけ通り、あんなところには行かなかった。となれば予備校に行きつつアルバイトでもするか、あるいは、まだバブル景気のしっぽの時期で高卒の就職も、職種を選びさえしなければいくらでもあった。それもこれも、こうなったら父の鉄拳と指図しだい。一人前の男である父の力で縁故だろうが裏口だろうがなんだろうが、どこかの会社か学校か、とにかく一人前の男になるためのそれなりの場所に強制的に押し込まれるしかないだろうと覚悟、というより諦めを固めた。いまの自分には物事を思ったり判断したりする力も権利もないのだから。どうせいつか、自分は自分で命を断つのだ。あいつらに言わせれば、操られているのではなくあくまで私個人の意思で、ということに一応なっているらしいが、どうあっても自殺から逃れられないのであれば、その自分の意思じたいがあいつらによって決められた宿命だか運命だか、なのだ。生きようとするなら父、死ぬ時は死神。自分では何も決めず決められず決めたくもない。

だが、国立不合格と決った時には、予備校にしても下手なところは選ぶな、お前一人食わせるくらいなんとでもなるからバイトなんぞしないで机に向え、と言っていた父が、言った通り姿を見せなかった卒業式あたりを境として、どういうわけか何も言わなくなった。私の方はＤＭで予備校の案内はいくつか手許にあったものの、どうせ死ぬのだ、大学に行こうが働こうが、死神に命を持ってゆかれる、それまでは父の指図に従うだけだ、と諦め、何もしない。そんな宙ぶらりんな状態を父が許すわけはないから、今日こそ鉄拳だ、これまでにない猛攻が来る、今日こそ、今日こそ、と思うのに父は会社から帰ってきても何も言わず、手も上げず、指図どころか口を利こうともしない。

「親父さんの方でもいよいよ息子を諦めたってとこなんじゃないか？」

　ここまで来ると父はそうとうにあの手この手を考えているのかもしれない。ひょっとすると卒業式欠席を決めた段階ですでに作戦を開始し、時期が来ればとんでもなく厳しい予備校に放り込まれるか、スパルタ家庭教師の餌食《えじき》になるか、そこらへんを飛び越えて、考えられないような過酷な環境に身を置かなければならなくなるとか。例えばある朝、黒いスーツに身を包んだ得体の知れない男たちが現れる。彼らは決して乱暴ではない。むしろこちらを敬っている気配がある。無言。驚いている私を取り囲み、守りながら逃げ道を塞ぐ恰好で男たち同様の黒い車に乗せる。そこで何かを嗅がされたか注射されたかで眠たくなり、目が覚めた時には船に乗っている、らしいが意識はぼんやりしていてはっきりしない。ひょっとすると飛行機かもしれない。また眠り、再び、今度ははっきりと目覚め、英語しか聞えてこない、会社、というか何かの研究所、といった雰囲気の大きな施設にいると分る。不思議と、一度来たことがあるような気がする。でなければここの写真をどこかで見たか、またはここに関する記事を読んだか、はたまたここからやってきた誰かの話を聞いたのだったか……

勿論そんなことは起らない。そんな空想的な、空想そのものでしかない、時代遅れの下手《へた》くそな小説みたいな展開にはなりようがない。では、そんなことがあり得ないとして、あいつに取り憑かれている自分のいまの状況こそが本当に、空想でも小説でもないただの現実なのだろうか。本屋の女の人が言う。

「ただの現実とかただじゃない現実とかいうものはあり得ない。現実とそうでない世界とがあるだけ。」

「そうでない世界っていうのが、死ぬ、ということなんですか？　死後の世界というやつですか。」

「死ぬというのは世界ではなく、死そのもの。死後の、というのも人間独特の言い方。生きている時間のあとに新たな光景が現れるとすれば、死後ではなく、生後と呼ぶべきでは？　人間の世界で生後と言えば、生後何か月だとか、生れたあとの時間を指す言葉なわけだけれど、これを生れたあとではなく生きたあとの意味と捉えるならば、あの世と呼ばれる時空こそが生後であり、とすると君たち人間がこの世と呼んでいるこの世界こそが、死とは別の、死のあとに来る、死後、と呼べるのでは？　いずれにしろ人間の世界でしか通用しない言い方ではあるのだけど。」

卒業後、一週間、二週間。父は何も言わない。なんの命令もしない。あの男たちもやってこない。もしかして、父本人が、空想ではなく現実の世界であの男たちみたいな仕事を、会社員を装いながら密かに続けていて、息子を秘密結社か何か、非合法的な暗黒の組織に送り込むつもり……

予備校の話も将来の話もないまま五月になった、夕食の席で父が溜息混り、ではなく溜息そのものかという、初めて聞く声で、

「お前、昼間、出歩いてるらしいが、何してるんだ。」

「え、別に。ただ時々、本屋とか、そのくらい。」

「それ以外の時間は、家で何してる。」

「特に、なんにも。本、読んだり、テレビ見たりとか、日曜日、僕がしてる通り。」

「本か。本を読んでれば、お前はそれでいいんだな? ま、悪いことするよりはずっとましか。そういう人生もあるんだろ。仕方がないよな。」

心配になるほど力のない声で続ける。

「同僚がいるんだ。勿論、男のな。家に連れてきたことあると思うが。正確に言えば部下だ。同期だけど父さんの方が昇進が早かった。そいつは、それこそ本もよく読んでるなかなか個性的なやつだ。出世欲がなくて優しくて、誰に対しても誠実に接する。自分の手柄になりそうな案件を上司に横取りされても、酒の席で愚痴も言わない。それでいて、そのいやな上司が若い女の社員に妙なことをしたとなれば、直接抗議しにゆく。信じられんだ

ろ。要するに、変なやつだ。だから偉くなれないんだ。もっとまともになれ、会社員としてもっと頑張っていい仕事して俺みたいに出世しろよ、二人で会社動かしてやろうぜ、そう言っても、自分は十分まともだ、こう言っては悪いがウチの誰よりもまともなつもりだ、お前に言わせればだから駄目だということになるんだろうが、だったら駄目で構わない。そんなこと言ったあとで、酒の量、減らした方がいいんじゃないか、気をつけろよ、なんて他人の心配をする。変なやつだと思うだろ。あんな変人がよくウチに入れたもんだ。父さんが出世した時も自分のことみたいに喜んでくれた。拍子抜けしたよ。同期に勝ったとか、そういう達成感みたいなものも、あるにはあったが、それ以上にそいつが哀れになった。こいつ、道を間違えてる。坊さんか、哲学者か思想家にでもなって、父さんたちのいる一番面白い、人間らしい世界を遠くから眺めて、静かに批判を加えるなりなんなりすればいい。社会の荒波が苦手ならそうやって、父さんたちまともな会社員の揚げ足を取って自己満足に浸ってればよさそうじゃないか。つくづくかわいそうなやつだ。悪いが、こいつのようにはなりたくないと、ずっと思ってきた。」

その同期入社の部下に私と同学年の娘がいて、今年、父が私に望んでいたところとは違うが高いレベルの国立大学に合格したのだという。父はそれを、まるで父自身に厳しい宣告を下す表情で語った。

「最初、あいつがいやみを言ってるんだと勘違いしたよ。お前が失敗したと知った上でのな。だけど勿論そうじゃなくて、事実を淡々と言ってるだけだ。その上で、息子さんは？と何食わぬ顔で訊く。父さんは、な、たぶん初めて、あいつに、悔しさを感じて、嘘をついた。うん、うちのもどうにかまともなところには潜り込んだがさてどうなるか……あいつは嘘だと気づいたのかどうか、これから四年間は俺たち大変だな、と全然大変じゃなさそうに笑うんだ。父さんはその笑顔に面喰《めんくら》って、不自然にその場を離れた。情ないことだが、自分が泣くんじゃないかと怖くなったからだ。そんなこと、人前で泣くなんてこと、あるわけないのにな。実際、そのあとも泣かずにきちんと仕事をした。あいつにはとても任せられないような大きな仕事をだ。なのに、あいつの娘は、女だというのにまともなところにきちんと入れて、お前は駄目、これはいったいどういうわけなんだろうな。女に出来ることが男のお前に出来ないとはな。父さんはいまのお前が恥かしい。だからあんな嘘までついた。なんで恥かしいか。それでもお前が、父さんの息子だからだ。つまりお前がこうなったのは、父さんの責任だ。一人前の男になっていない息子をきちんとした大学に行かせる、たったそれだけのことも出来ないなんて、お前が生れた時には想像もしなかった。父さんの男としての力で立派な男に育てられると思ってた。思ってたというより、そうなるのが当り前だ。父さんもお前も男なんだから。なのに、そうならなかった。なんで、こんなばかなことが、こんな、こんなばかなことが……」

ばかなことが、ばかなことがとくり返す姿が、何かの映画かドラマで見た登場人物に似ている気がしたが、具体的な題名までは出てこなかった。実際にそういう作品を見たのではなく、父の言葉と態度が芝居がかっているだけなのだ。

そのあと、現役合格出来なかった以上お前は人生に遅れを取ったことになる、目差すところに来年合格したところでこの一年の遅れは永久に消えない、言い渡した通りお前一人食わせるくらいわけはない、男としてそんなみっともない生き方はないが、女に出来ることが出来なかった以上、お前はもうまともな男にはなれないかもしれない、お前が男になれないのは父さんの育て方のせいだ、全部間違ってた、すまないが、全部間違ってたんだ。そう言って、見たこともない穏やかな笑顔になった父は、いまこそ泣きそうだった。

父が情なかった。家の中が情なかった。

父は、母と私を打たなくなった。息子がいい大学に現役で入れなかった、たったそれだけの理由で、おとなしい無害な親になった。

まるで何もなかったかのように、もともと学校に通っていなくて、通っていたと思えたのも大学受験もその失敗も、最初から予定されていただけで実行はされなかったかのように、私は何もしなかった。架空の学校生活が取り払われて、死の願望と本を読む日常だけが、毟《むし》り取られた肉よりもずっといきいきしている骨として残された。

夜、珍しく母が父に何か言っているのが聞え、下りかけていた階段の途中で立ち止った。

どちらかというと母が喋り、父は相槌程度。手を上げも怒鳴りもしない。母は、このままだと本人のためにもならないし、だいたい近所からどう見られてるか、と言っている。周囲の視線を気にするのは父の面子、沽券《こけん》、評判を気にしてのことに違いないが、父が叩かなくなり、口数さえ極端に減ってしまったいまは、まるで母自身の面子を気にしているように聞えた。

わざと足音を大きく立てて階段を下り、トイレに入り、出てきたところを狙っていたのか居間から母が顔を出し、

「お風呂、入ってしまいなさい。」

ソファーの背凭れから青く突き出ている父の横顔が怖くて、母に返事も出来ない。

父が急激に老けてきたのは母も分っている筈だ。いままで真っすぐ伸びていた背筋が、驚くほど丸まっていることがある。食べる量が落ちている。箸を持って茶碗の中をほじくるばかりでなかなか口へ持ってゆこうとしなかったり、うどんを何本か挟んで、そこから何度も何度も器と唇の間で往復させ、やっと口に入れたかと思うと、啜《すす》り上げるのではなく、髭《ひげ》も毎日は剃《そ》らなくなっている頰を、全くの老人の風情で歪ませ、外に出ている部分を歯と唇でもそもそと切り捨ててしまう。それを最後までくり返し、あとで覗いてみると、たくさんのうどんの切れ端が汁の底に、洞窟の水溜りに棲《す》む目や口が消滅した、そこ以外に生きる場所のない特殊な生き物のように沈んでいた。

テレビで野球を見ていても、試合が劇的に展開しているのに声も出さず、背中を丸め、目をしょぼつかせている。新聞を読む時も、以前なら紙の音が高く激しく響いていたが、恐る恐るといった感じでゆっくりと捲《めく》るようになった。読んでいるのかいないのか、じっと一か所を見つめていたり、開いただけで目を通さないまますぐに席を立ってしまうこともある。いまは、父より母の方が、声にしろ、様々に立てる音にしろ、大きかった。

「まさかとは思うがお前、引っぱたかれてた頃が懐かしいなんて思ってないよなあ。」

「それは、絶対に思ってない。」

「受験失敗っていうマイナスは、親父さんの暴力停止っていう思わぬプラスをもたらした、にしてはお前、親父に負けないくらい沈んだ目だな。その人間の心理を部外者なりに分析してみるとだ、まかり間違っても暴力親父の方がましだったなんて、自分のためにも母親のためにも思っちゃいけない、事実思ってはいない。なのにどういうわけか、いまのこの家の中はやり切れない。暴力がなくなって寂しくなったわけじゃないのに、落ち込んでる親父がどうにもかわいそうでならない。だからといって勿論、父親がそんな風になった原因である受験失敗を悪いことだとは考えていない。罪悪感がないのを罪悪と感じているのとも違う。分ってるよな、心理を読んでるんじゃなく、想像してるだけだ。読む力があるよりも想像するだけの方が、かえってお前の心理に近づきやすいのかもしれない。というよりお前にさえお前自身の心理をはっきりとは読めていないだろうから、俺の想像だけがお前のほんとの、唯一の心理に一番近づけてそうだ。」

何もしないで家でぶらぶらする日々になっても、驚くほど誰も外側から働きかけてこなかった。卒業前には担任や進路指導の教師から今後のことを訊かれたりしたものの、もしそう問われたらこう答えればいいと父から言われていた通り、両親と相談して決めます、と答えると、教師たちは一様にほっとした目になり、そうかそうか、それなら、とあっさりこちらの言い分を呑んだ。第一志望に入れなかった生徒にはもっとそれなりの対応があってもよさそうなのにだ。

あとで母が聞かせてくれたところでは、教師がこちらに何か言ってくる前に父が先手を打ち、息子のことは親として責任を持つのでどうかそっとしておいてもらいたい、父親からこうして学校側にお願いしていることも息子には黙っておいてもらいたい、と伝えたらしい。そういったことも、同期の部下の娘が国立に入れたと知って虚脱する前の話だったが。

「お父さんからは内緒にしとくようにって言われたんだけど、一応耳に入れとこうと思って。」

いままでなら言われた通り、私には黙っていただろう。

「お父さんは、お父さんだからね。」

「父さんだから？」

「お父さんくらい立派なところに勤めてれば、先生方だって逆らえないんでしょうね。お母さんだってそうだったからね。ずっとそうしてきたからね。」

「ずっと、どうしてきたの？」

母は、いままで見たことのない含み笑いで、

「立派なお父さんに、ずっと従ってきたの。ずっと結婚生活を続けて、あんたを産んで、ずっと育ててきた。それが出来たのもお父さんが立派な人だったから。あんたと同い年の女の子がいい大学に入って、それで落ち込んでるでしょう。でもそれだって、お父さんと部下の人が、立派な男の人同士が、子どもの受かった落ちたを比べ合ってるんだからずいぶん恵まれた話よね、あんたには悪いけど。お父さんが立派な大学出た立派な会社の人じゃなかったら、もっと悲惨なことになってる。肩書があるっていうのはね、いい？　男の肩書はものすごく大事なものなの。あんたにはまだ分らないでしょうけど。女であるお母さんにはよく分る。お父さん本人よりも、お父さんの肩書のありがたみがよく分る。」

奇妙なことに、母は私に、料理を教え始める。息子が毎日家にいることで父の面子を傷つけるという、母が一番望まない状態になっているのに、働けとも予備校に行けとも言わず、本ばかり読んでいても咎《とが》めない代り料理くらい覚えろ、とでもいうように。

「父さんが僕に料理を教えろって言ったの？」

「そんなことあると思う？　毎日家にいる人間の役割として、料理くらいはやりなさい。お母さんはずっとしてきたんだから。あんたは、お父さんみたいな立派な男になるための道で躓《つまず》いた。失敗した。立ち直れるか、取り戻せるかどうか、お母さんには分らない。お父さんみたいに立派な男の人なら料理なんかしなくていいけど、あんたは立派になれるかどうかはっきりしない以上、やっといた方がいい。立派じゃない男の世話をしてくれるような暇な女はいない。ちゃんとした肩書の男の世話をするのが、ちゃんとした立派な女なんだから、あんたは将来ちゃんとしてない妙な女に引っかかって苦労するかもしれない。とにかく男としての一番いい生き方はいまのところ出来そうにないんだから、惨めな男になるにしても、せめて食べるものを自分で作れるくらいの惨めさに留めておかないと。」

茹《ゆ》で卵、炒卵《いりたまご》、卵焼。味噌汁《みそしる》のだしは、煮干しの頭とはらわたを取って、冷蔵庫で一晩水に浸けておく。油揚げは湯をかけて油抜きする。鯵《あじ》はぜいごを取る。鶏肉を焼く時は皮から。素麺は火を通し過ぎないこと。カレーの隠し味は醬油《しょうゆ》とインスタントコーヒー。焼魚にはちょっと多いと思うくらいの塩。スパゲティを茹でる時も。煮魚の砂糖も。野菜はゆがくより蒸す方が味も栄養も逃げない。揚げ物の油は突っ込んだ菜箸の先から軽く泡が出るくらいの温度で。何をやるにも余裕を持つ。慌てない。スーパーでの買物は、まず何が安いかを見ること。あらかじめ献立を考えておいたとしても、値段を見てからその場で変更出来るのが理想。なるべくなら手作りがいいが、カップラーメンやレトルトカレーが安ければ、悪くなりはしないから買っておけばいい。出来れば肉は肉屋、魚は魚屋で。洗濯は下着や靴下とそれ以外とを分けること。Tシャツやトレーナーを干す時は襟を引っ張ると伸びてしまうから、面倒でも裾からハンガーを出し入れすること。掃除は先に棚や箪笥《たんす》にはたきをかけてから床に移る。掃除機は部屋の形を意識して四角く使う。水回りと玄関は特にいつも綺麗にしておくこと。

「なんで？」

「汚いと運気の流れが悪くなるってやつだろ。その割に俺はまんまと入ってきたけどな。」

「なんで料理以外も教えてくれるの？」

その時、父はソファーで、この頃の常の通りぼんやりとテレビに向き合い、これも最近の傾向通り、私は食卓の片づけを手伝う。

「家の中というのがそういう風に出来てるから。男の人が外で仕事してる間、お母さんだろうがあんただろうが、お父さんが帰ってきてくつろげるようにしておいてあげないといけないじゃない。そうでしょう。お母さんいま、間違ったこと言ってる？」

母はあの含み笑い。父は振り向かない。

「ね、間違ってないでしょう。この家の中では間違ったことは何も起らない。だってお父さんが立派な会社員で、お母さんは家の中のことをちゃんとやってる。これが男と女の一番正しいやり方。これ以上にいいやり方はない。だってうちは貧乏じゃないし、うしろめたいことなんか一つもない。お父さんが男としての務めを果して、お母さんはそのお父さんを女として一番いい形で支えてる。お母さんは出しゃばってなんかいない。お父さんに対して余計な口出しもしない。だから叩かれる時は黙って叩かれる。それが一人前の女の役割だから。」

母の目は輝いてきた。喋っている中身と喋っていることそのもの、その両方に自分で感動しているように見えた。

「何も間違ってなかったこの家の中で、たぶん初めて、間違ったことが起った。つまりあんたがちゃんとした大学に入れなかった。いい、勘違いしないで聞きなさい。これはお母さんの考えを言ってるんじゃないの。男の人がちゃんとした大学に行けなくて、立派な人生を送れないのが、どのくらい大変で間違ったことなのか、お母さんには分らないし、女が判断していい問題じゃない。これは男であるお父さんの判断。立派な当り前の家庭の中で間違ったことが起るというのは、お父さんが間違いだと判断することが起った、という意味。でしょう？　何が正しくて何が間違ってるかを決めるのは男の人の役目だし、父親の役目。で、そのお父さんの目で見て間違ってることをあんたが引き起した。だから――

は、何？」

「目だよ。母さんの目、怖いよ。」

父さん、と呼ぼうとしたが、

「あんたいままで何を聞いてた？　お母さんの目なんかどうでもいいでしょう、お母さんのことなんか。あんた自分が何をやったか、お父さんに対してどのくらい申し訳ないことしたか、どのくらい親不孝か――」

「何をやったかって、なんにもやってないよ。受験に失敗したんだから。それに母さん、母さんにとっては、親孝行だろ。僕が国立行けなくて会社の人の娘が行けたっていうんで、それで、それで父さんは、怒鳴ったり叩いたりしなくなっただろ。母さんにとってはいいことだろ。立派だとかちゃんとしてるとか、なんなのそれ。父さんが威張ってるよりいまの方がよっぽどいいだろ。僕だって、いい大学に行けないっていうだけで父さんがこんな風になっちゃってるのはなんでなんだろうとは思うよ。引っぱたかれてた頃が懐かしいとか、そんなことは思っちゃいけないし、思ってないけど、いいか、いいか聞けよ。」

「聞いてるよ。分ってんだろうが。」

「だから、そんなこと思っちゃいけないけど、いけないけど、でもなんで、なんでこんな風に……」

父はまだ振り向かない。

「あんた、ほんとは、お父さんを、そこまで心配してたのね。」

「心配？　なんで、なんでそうなるわけ？　なんで僕が父さんを心配しなきゃいけないんだよ。」

「心配してることになるだろ、これは。」

「うるさいよ。」

「あんた、どうしたの？」

「僕が全部悪いなら悪いでいいよ。でも……」

「そうよ、お母さんさっきからそう言ってるでしょう。あんたがお父さんを、」と顎でソファーを差して、「こんな風にしてしまった。」

「父さん、なんか言うことないのか。」

「そうよ、あんたのせいでこんな風になっちゃったの。」

「だとさ。」

「この立派な家庭をあんたがこんな風にしてしまった。あんたのせい。」

「死神に母親ってものがあるとしたら、俺もこんな風に言われてたのかな。俺に実家なんてものがあったとしたら、そこにいる父親ってのはどんな顔してんのかな。」

死神の声が父や母に聞えたわけではないし、あとであいつに確認してもその時だけ特別に誰にでも聞える声で喋ったのではなかったらしかったが、まるであいつの声に反応したかのように、父は、こんな具合に人間の頭部がぐるりと回るのかと不思議なほど、これこそあいつのしかけたいたずらかと思うほど、首だけで振り向いた。本当に『エクソシスト』みたいだったが、この場合、悪魔、ではなく死神に取り憑かれているのは私の方だから、息子の顔こそが両親の目には異様だと映っていたかもしれない。父は、青と言おうか灰色と呼ぶべきか、これこそ異様極まりない顔色で、ちょっと首を傾《かし》げて何か考えているような、でなければ考えるのを途中でやめた、お気に入りの帽子が風で飛ばされ川面を流れてゆくのにどうにも出来ないような、全てが駄目になってかえって清々《すがすが》しいといった、お漏らししてしまった時の気持のいい諦めという目つきだった。そしてその場でしたのはおしっこではなかった。体を傾けたので、立ち上がるのか、それともこの事態の責任を感じて妻と息子に頭を下げるのかと思えたが、傾いた姿勢のまま、深刻な顔で息を詰め、ぶおっと一つ、大きなおならを放ち、呼吸を再開して、浮かせていた尻を元に戻し、またテレビの方を向いた。

「父としての、男としての一仕事だよ。確かに御立派だ。」

それは実際そうだったのだろう。父や母の考える男の仕事というものは、会社だとか家庭だとか、時には国家だとか、女の力では動かせないと思われている大きな塊を動かすことの筈で、しかし、動かすべき塊に価値がなくなってしまえば、いつまで待っても乗客の来ない乗り物と同じで動かす理由がない。動かしていても動いていないのと同じだ。あとは余分なガスでも出すくらいしか仕事はなくなる。

父だけではなかった。ある朝、目を覚ますと、様子がおかしかった、というよりまるっ切り変っていた。初めのうちは、どこがどう変ったのか理解出来なかった。何かが変ってしまったのは分るのに、どこが変ったのか摑めなかった。日曜日のことで父はまだ眠っている。朝が来ているのは確かだ。家の外は明るい。決して自分が夜を朝だと思い込んでいるのではない。しかし何かが違う。この気配はどこから来るのだろう。

階段、踊り場、変ったところはない。だが、一階は薄暗かった。まだカーテンが閉まっているのだ。自分が起きた時点で一階のカーテンが開けられていないのは、たぶん初めてだ。少し驚いた。閉まっていたことにも、閉まっているのは初めてだと気づいたことにもびっくりしていた。ひょっとして、開けてはならないのだろうか。いつもなら開けられているものがぴったり閉じ合されている、ここには何か重大な秘密が隠されているのではなかろうか。天井にもどこにも、あいつはいない。いないからといって、あいつの悪巧みでないとは言い切れない。

一つ一つ内側のカーテンを開ける。何事もなく、部屋があり、レースのカーテン越しに、窓の向うの庭、ブロック塀、隣の家。

何かの気配がする。逆だ。ある筈の気配がないのだ。あって当り前、いて当り前の、毎朝毎朝カーテンを開けてきた人の気配がないのだ。

そう気づいたのを見透かしたに違いなく、居間の電話が鳴る。

「よかった。お父さんが出たらどうしようかと思った。」

「帰ってくるよね、帰ってくるよね、ね。」

言いながら、朝早くの買物や急に具合が悪くなったための入院などではなさそうだと気づいている。

「帰るよね。なんか言ってよ。」

「あんたこの間、お父さんに同じようなこと言ってたね。二人して息子にそんなこと言われてるようじゃ、駄目ね。」

「帰ってくるよね。」

「駄目な母親だから、帰りません。家の中のこと、一通り教えたから大丈夫よね。大丈夫じゃなくてもやってね。」

「なんで？　僕のせい？　だったら僕が働くなり予備校に行ってもう一回国立目差すなり、すればいいんだよね。」

「あんたがそうしたければすればいいし、しなくてもいい。帰りはしません。」

「だって、父さんはもう叩かないじゃない。これで僕がちゃんとすれば……」

「だから、駄目なの。あんたがなんにもしないでぶらぶらするならすればいいし、お父さんが誰も叩かないなら叩かないでいい。でもそれは、いままでのうちとは違うでしょう。なんかそれが、いやになったの。ばかみたいに思えるの。少なくとも叩かれないのはいいことの筈なのに、家の中がこれまでと違ってしまってるのがどうにも気持悪いの。家の中でお母さんに任されてた仕事が、きっと終ったのね。二人にご飯作って食べさせてお父さんに引っぱたかれるのがどうやらお母さんの役目だったけど、終った。はっきり分る。」

「だから、これからは僕も、ちゃんとするから——」

「これから？　これからって、慎一、あんた何言ってるか、自分で理解出来てる？　誰がこれからの話をした？　これまでの、おかあさんの、やくめが、おわった。息子の面倒を見て亭主に引っぱたかれるのがやっと終った。役目のない家に、なんで戻らなきゃならないの？　これからのことじゃないの、これまでのことが大事なの。一度も助けてくれなかったくせに。愛してるからね。ばいばい。」

「お袋さんには、自殺の担当はついていない。けっ、また余計なこと喋ったか。ほんとに上からどやされるな。」

あいつが言った通り母は死なず、次の日にまた電話してきた。隣の県の実家にいて、元気だと言った。二十年ぶりくらいに働いてみるつもりだ。戻る気はない。お父さんに言っといて。

父は事前にそれとなく聞かされていたらしかった。

「こんなに早くとは思わなかったがな。」

それまで通りきちんと出勤し、帰宅した。不安だったが、家事はやった。

「訊くなって。お前、俺がなんでもかんでも答えてくれるって期待し過ぎだよ。俺を誰だと思ってる。でも、ああ、ああ、答えてやるよ。親父さんも、大丈夫、フリーだよ。」

「フリーって言い方、雑だな。」

「だから期待すんなっつったろうが。」


変化があった。と同時に何もなかった。母が出ていったという変化。一方で父は生真面目に出勤し、私は本当になんにもしないでぶらぶらする、という変化しているようでしていない日々。あいつは飛んだり天井に寝そべったり。本屋の女の人。雨、雷。時間は時間として変らずにどんどん進み、変化し続ける。私は時間に気がつかなかった。自分に何が起ろうとしているか、まだ気づいていなかったように。

最も大きくてささやかでもある変化。高校時代の使いかけのノート、ほとんど黒板を書き写さなかった数学用の頁に、いつ誰に宣言したのか忘れてしまったがそういうことを口にしたのは覚えている、作家になるための、小説みたいな、日記とも違うやけくそ気味の吐露、要するに文章を、書き始めていた。


父が、お前ももう飲めるだろ、と言って、私は二十歳だった。

出勤時間、前と変ったね、と一週間ぶりに話しかけて、父が役員という立場になったと知った。同期たちと比べ、早い出世なのだそうだ。私と同い年の娘が国立大学へ行った人のことは何も言わず、こちらから訊きもしなかった。

「正解だ。俺もそんな野暮な質問の結果として、父子《おやこ》二人分担当しなきゃならなくなるのはさすがに、だからな。」

父と正式に離婚した母とは年に何度か二人だけで、または母の実家で祖父母と一緒に会った。父と母が同席という場面はやってこなかった。

「いつまでもぶらぶらしてるんなら、とりあえずこっち来て一緒に暮せばいいでしょうが。あんたみたいな若い男が一人前になれないまんまで、父親とずっと一緒にしょんぼり生きてるなんてみっともないし、あんた自身にしたって、そりゃいろいろ教えはしたけど、実際生活しづらいでしょうが。ここに住んで、アルバイトするなりなんなり、好きにしていい。お母さんのツテで就職するのも不可能じゃないし。あれでしょう、お父さんは自分の力であんたをどこかに世話するなんて、とても出来ないでしょう。二人の間でそんな話、出る？　出ないでしょ、ね、そうでしょ、でしょ、ね、ほらやっぱり思った通りだ。それが立派な男のプライドってもの。お母さんもそこに頼ってそれなりの生活をさせてもらって、いまはあんたを置いてもらってるからその点で感謝はしてるけど、いつまでも御立派な看板を掲げられてたんじゃ、あんたは潰される。なんにも出来ないあんたが筋金入りのお父さんのプライドをはね返せるわけがない。ね、ここで一緒に暮して、父親のプライドと関係ないところであんた自身の道を決めればいいじゃない。あんただって、何かやりたいことがあるでしょう、ね。大の男がなんにもやりたいことがない筈、ないから。まあいまは、ぶらぶらしてるのが恥かしくて自信もなくてどうしようもないんだろうけど。」

「やりたいことなんてなんにもないよなあ、やらなきゃならないことをまだやってないってだけだよなあ。どうにもならなくなった男がやれることっていったら一つだけ。所詮母さんは女だから男のつらさなんか分んないよね、って言ってやるの、お前には無理だよなあ。」

無理だった。男のつらさなんか分っていなかった。

母は離婚してから、人生で初めてと言っていたが、明るい茶色に髪を染めた。色の濃い服を着ていた。歯も真っ白だった。靴も光っていた。何もそんな、次から次に言わなくてもいいだろうが、そうよ慎一だってどうすればいいか分んなくなるよねえ、と一応は孫を気遣うというような、この場の雰囲気上、そう言っておいた方がよさそうだから言っている感じの、それはそれで私にはありがたい祖父母に母は、あの含み笑いが卵からかえって成虫になったみたいな、いっぱいに広げた揚羽蝶《あげはちよう》の翅《はね》そっくりの、楽しそうな怖い顔で、

「よけいなこと言わないでくれる？　私の産んだ息子なんだから。」

なぜか、私と母を引っぱたいていた頃の父を思い出す。

「母さん……」

「うんうん、もういいよ。分ってる分ってる。ね、あんたも、そんな、泣くくらい思い詰

めてたのよね。このままここで一緒に、ね。」

違う。父を思い出したのではない。思い出したりしなくてもいままで通り、いる。変ってしまった父が、これまでと変りなく。一番いままで通りでないのは母だった。母が、似てきたのだ。

「よかったね母さん。」

「ん？　一緒に、暮すよね。」

「父さんみたいな、立派な男みたいな女になれて、よかったね。」

ピンで留められた揚羽蝶の標本。

「いくら男みたいでも、お袋さんはやっぱり女だよ。所詮女で所詮母親、その所詮所詮のお袋さんと一緒にいる方が、よさそうに思えるがなあ。」

母と会う回数が減っていった。やっと父の地点まで到達した母がいやだからだ、と自分の感情を分析してみたものの、何もしないで本を読み本屋に通い、合間にノートを字で埋めるだけの生活の罪滅ぼしみたいに二人分の料理をして、うまいともなんとも言わずただ満足そうに父が頷くと、感情のいやらしい分析は崩壊し、この父親と一緒に暮してゆきたいと、どうしても思ってしまうのだった。それは本当のところ、罪滅ぼしなどという物分りのいい受刑者の感情ではなく驚いたことに、この人と一緒に生きてやらなければならないという篤志家の義俠心《ぎきょうしん》に近いものだった。初めて焼そばを作った時を、よく覚えている。出来上がって、瓶入りの青のりと鰹節《かつおぶし》のパック、マヨネーズをテーブルに出し、

「あ、紅生姜《べにしょうが》があった方がよかったね。」と言うと、

「お前、母さんみたいだな。でも紅生姜の心配まではしてなかっただろう。」

いやみとか否定の響きではなかった。否定されていないと思いたかっただけだろうか。確かに、母から仕込まれた家事が役に立っているという自負は、水道管から水が漏れるように湧いた。管の破損は情なかったが、時間は過ぎてくれた。過ぎたその先に何があるのかは、

「分ってるよな、そう、何もない。」

私は父の前で、家事に励み、母の役割を担って生きた。父も、自分でやってきた車の手入れに加え、風呂掃除をするようになった。トイレはやらなかった。洗濯物は畳んだ。母さんの夢、見たよ、と嬉しそうに報告した。私は見なかった。僕は見ない、とは言わず、父も、お前見るかとは訊かなかった。

関西で真冬の朝に、大きな地震があった。六千人以上死んだ。

二年後、父が新聞を開いて、中村錦之助《きんのすけ》が死んじゃったよ、と言った。萬屋《よろずや》錦之介のことだった。その年の十二月、母が私を呼び出した。一緒に『タイタニック』を観た。

「あんた、まだどうにもならないの？」

「僕がごはん作って父さんはちゃんとそれ食べて、いままで通りなんとかなってるから。」

「そうじゃなくて、あんたどうするの。働きもしないで、女中さんみたいにお父さんの世話なんかして。」

「世話してるんじゃないよ。」

「世話してるじゃないの。させられてるじゃないの。前のお母さんみたいに。」

「母さんみたいだけど、母さんじゃなくて僕だから。僕と父さんが、あの家で生きてるんだよ。世話されたりしたりとは違う。ケイト・ウィンスレット、綺麗だったね。」

「え、何が？」

翌年、長野でオリンピックがあった。

二年後、現職の総理大臣が倒れて死んだ。

父は何本か差し歯になり、小さな癌《がん》を取った。手術の日、母は費用とは別らしい封筒を差し出し、医者がビラのように軽く頷いて受け取った時、私はなぜかほっとした。世の中の裏であり表でもある光景に立ち会って、大人になった気もした。母は術後の父を見て、「生きてる生きてる。」と帰っていった。

私だって生きて、小説みたいなものを書いていた。書いてますとは誰にも言わず、勿論、僕にも生きてる生きてるって言ってよと、頼みもしなかった。今日のことをいつか書くだろうかと思った。

二〇〇一年、アメリカでテロが起り、世界がひび割れ、破片が飛び散り、粉々になったりどろどろに溶けたりし、それでもまだ時間は時間であり、世界は無理やりにでも世界であろうとした。涙ぐましくも、この世であろうとし続けた。あろうとし続けることが、世界を巨大で孤独なドライフラワーとして存在させた。

「父さんな、これでも時々泣くんだよ。信じないだろうがな。泣くことも、泣くんだってお前に話してることにも、自分で驚くよ。お前は、泣かないんだろうな。羨ましいよ。父さんより、母さんに似てる。」

「似てないよ。どこがだよ。僕が、料理したり洗濯したり、母さんの代役をやってるってこと？　父さんから見ればそういう便利な家族なんだろうけど、こっちはただ生きるために必要なことを毎日こなしてるだけで……」

「そんな風に思ったことはない。母さんにしろいまのお前にしろ、便利だなんて、そんな、まるで道具みたいに考えるわけがない。」

「でも、そうだったんだよ。分んないんだろうけど。分んないんだとしたら、無自覚過ぎるだろ。母さんは父さんに引っぱたかれながら、便利にこき使われてきた。」

「こき使ってなんか……叩いたのは、叩いたのはな、それは、許されることではないだろうが。」

「だから、父さんが許されると思うか思わないかじゃないんだよ。母さんは、そうやって父さんが一人で勝手に物事を決めつけるのがいやで出てった。分んない？」

「お袋さんのほんとのとこなんて、お前にだって分ってないだろ。」

「たぶん、母さんは、それがいやだった。」

「別に言い直さなくていいよ、お前の言う通りだろうから。」

「お前も父さんが、いやか。だろうな。」

「いやかどうか分らないけど、仕事も勉強もしてないんだから、家事くらいは……」

「それだよ。お前が母さんに似てるっていうのは、父さんのために、お前に言わせれば自分のためでもあるんだろうが、とにかく、家事をやってることが似てるんじゃなくて、その、いま言ったな、仕事も何もしてないって。それが似てるんだよ。」

「母さんは働いてなかったけど別になんにもしてないんじゃなくて、父さんのために、それから僕のために自分の人生を犠牲にして家事をやってた。やらされてた。」

「いや、そうじゃなくて、いや、やらされてたっていうのはそうなんだとして、なんにもしてないのが似てるんじゃなくてだな、強いところがだよ。なんにもしないで、つまり、大の男がだな、受験に失敗して、父親からあんなとこは行かなくていいって命令されて、就職もしないで、家事だけやってなんにもしない。それはな、父さんなんかから見れば、強いんだよ。世間は、引籠りだとかって社会問題みたいに言ってるが、まあ父さんだって昔なら男のそんな生き方なんて認めたくなかっただろうが、いざこうなってみると、母さんが出てってそれが原因で隠れて泣いてる父さんより、男なのになんにもしないで飯、作ったりしてるお前の方が、よっぽど強いよ。」

「そう言われても、少なくとも、嬉しくはない。」

「前は母さんに、いまはお前に面倒を押しつけて、それこそほとんどなんにもしてないのに会社から高い給料貰って、のうのうと病気にまでなって、そんな父親からいまさら何言われたって、受け入れられないよな。でも本当だ。お前は母さんに似て、強い。言われて不愉快だろうが、すごいと思うよ。」

こういう会話を、いっぺんにしたのではなかったと思う。何日か、何か月、何年かに跨《またが》ってした、でなければ毎日、同じような会話ばかりしていた。

「それは、何も会話しなかったということではないの。」と本屋の女の人に言われて、意味が分らなかった。

「君が、そう思い込んでるだけなのでは？　本当は父親との間にいままで通り、母親や君への暴力を根拠とした歴然たる溝がある。だけれども母親が出ていったために、そんな溝に拘泥していたのでは父と息子の、金銭面以外になんのよるべもない生活が破綻する可能性が生れてしまった。だからとりあえず一日一日をつなぎ止めておくために、父と息子の麗しき会話を頭の中ででっち上げたとは言えない？　分ってると思うけど――」

「あなた方が記憶の操作をしたわけではない。じゃあ僕自身が、記憶を改竄《かいざん》したことになる。これで、父と僕の生活が、よくなるっていうんですか。僕が、意図的にいじったから？」

「いまの環境をよくするために意図的に、ではなくて、自然に。もっとも、いまの君にとっては、意図して記憶や意識、論理の操作も出来そうじゃない？　お話をでっち上げることが仕事になったんでしょう。」

きのうの夕方、文芸誌の新人賞に応募していた短編小説がどうにか佳作として引っかかったと、連絡があった。父はたっぷり一分ほども開けていた口をやっと正常に、というよりどうにか正常を装って元に戻し、

「はー、お前が、小説だったとはなあ。」

「じゃあ何ならよかったんだよ。」

「別に、小説でいけなくはないが。何を書いたんだ。お前が好きなドストエフスキーか？」

「来月、文芸誌に載るから。」

「母さんに知らせてやれ。」

そう言って満足そうに目を逸らせた父が、私はいやだった。父が喜んでいるらしいことがではなく、息子の小説が評価されて喜んでいるのがだ。

「君に対する評価を自分への評価のように受け取っている、それが？」

「これか、と思いました。家族の身の上に起きたことなのに全部自分に引きつけてしまう。今度の場合は勝手に喜んでますが、よくない出来事でもやっぱり、好き勝手に怒ったり落ち込んだりする。幸も不幸も横取り。」

「暴力を受け続けて、受験の結果も父親のお眼鏡にかなわなかった。だけど今度ばかりは、ほとんど生れて初めて父親が喜んでくれた。君はそれが照れ臭くて、逆にいやだ、と感じているに過ぎないのでは？」

母は電話の向うで、ふーん、まーあ、そうなの、へーえ。驚きではなく、明るく戸惑っていた。

「明るい戸惑い……人間の言葉はやはり難しい。君よりも、両親の心理が興味深い。父親は一応驚いたあとでほくそえんだ。母親は、電話越しで表情は分らないけれど、あちらにすればその方が都合がよかった。息子が小説で評価を得るなんて信じられない、そんなことあっていいわけがない、という決して明るくはない戸惑いを気取られずにすむから。父親から見ればいい大学にも入れない、母親に言わせれば暴力も見て見ぬふり、そんな不肖の息子が作家になるなんて、親の苦労を嘲るような親不孝な仕打ちではないか。」

「えげつないですね。両親に聞かせてやりたい。」

「ふうん。さすがに余裕が出てきた。作家としての客観性が、人間としての成長をも促している？」

「で、何を書いたんだ、先生。出版社に忍び込んで、と行きたいとこだが、ああいうところは俺らの担当じゃないもんでね。」

実体験だった。受験に失敗、というか父の価値観内における息子の失敗から母が出てゆくあたりまでを、両親や教師に迷惑がかからないギリギリの作り話として、主人公の感情も自分とは切り離し、原稿用紙五十枚ほどだった。

翌月送られてき、父も母もあいつも女の人も読んではくれたらしい拙作掲載号の選評では、大いにこきおろされていた。選考委員絶賛の新人賞当選作の横に、よくも置いてもらえたものだ。

「人間の運命というのはこんな風に、不思議なもの。君の生と死の運命よりも、これは、濃いか、薄いか。」

店先のあいつが大欠伸をし、女の人が鋭くそちらを見た、双方の表情を、なぜかあとあとまでよく覚えていた。勿論、覚えているにはそれなりの理由があったのだと、これもずっとあとで納得はしたのだったが。

欠伸のしっぽを言葉にして、

「若き日の行いと過ちを、深い反省を籠めて物するのも、人間の業と言うべきか。俺から見れば単に悪い癖でしかないけどな。それにしても、ちょっと期待してたんだけどな、買い被ってたかな。ま、初っ端《しょばな》からってのは無理だったんだろうけどさ。いずれ、その、なんだ、いわゆる、小説のネタに困った時には俺たちのことを――」

言葉がまだ欠伸だった時から偵察部隊のようにかすかだった雨が、いきなり大粒の乱射に切り替って、真っ暗。あいつを睨む女の人のすごい目。あいつは飛ばずに、徒歩で雨滴に叩かれながら消える。人間か、と思う。そう思ったのだったと、これもかなりあとで記憶が蘇《よみがえ》る。


新人賞の佳作作家など、ちょっとでも立ち止ると忘れ去られるものらしいと、取材を受けた地元新聞の記者からありがたくも恐ろしくも吹き込まれ、また文芸誌の編集者からの、慌てるのもよくありませんが一番駄目なのは、いつか次を書く、そのためにいまはじっくりと考えている、と慎重になり過ぎてとうとう書けなくなってしまうことです、新人賞の受賞者とはこちらの対応もやや違いますので、との丁寧な脅しを拝領し、のろのろと次作を書く。

私をさけていた同級生、頭のいい生徒たちと私とを軽く差別していた、親たちからは評判のいい教師、血も住所も遠くの親族、などからの、すごいね、信じられない、よくやった、俺たちの誇りだよ、といった連絡が、作家になって二年目にのろのろの中編が初めて芥川賞の候補になり、格段に増える。中には誰なのかよく分らない相手もいて、父の会社の人だったり、母が勝手に連絡先を教えたどこかの誰かだったりする。

三年目。デビューしたのとは別の出版社から初めて声がかかり、担当となった二十代の女性編集者のあまりの美貌に、がぜんやる気が出る。彼女の伴走のおかげで二度目の候補に。かなり有力との各種事前予想を鵜呑《うの》みにし、落選の報《しら》せで泥酔。その夜、最後までやけ酒につき合ってくれた美人編集者の手首を、触って当然の思い込みで素早く握るが、冷静に振りほどかれる。そこにあいつがいなかったのは、落選に気を遣って、だろうか。

この三年目から四年目にかけ、地元で適当に、しかしその時の自分としては真剣なつもりで三人の女と関係を持つ。そのうちの、肉体感覚が最も合っている一人が、ベッドの中で真最中に、正確には最終局面に至って、快楽の咆哮《ほうこう》の直前に、結婚してくれー、と叫ぶのを聞き、気持と体が萎む。スランプと称して書かなくなる。というより、スランプ。

五年目。父は完全に退職するのを機にテレビを、壁一面かというほど巨大なものに買い替え、私から聞かされた母は、老後の自分と向き合うのが怖いもんだから画面と向き合うしかないのねと、大木の梢から見下ろす目で慈悲深く言う。直後に東北の震災。大画面で戦後最悪の現実を見る。不謹慎極まりないことに、出来るうちに出来ることをしておきたくなり、例の結婚してくれ女にすぐ連絡し、こんな時によくそんな気になるよねと一蹴される。元に戻りそうにないテレビ番組を放っておいて、大画面での映画鑑賞をいくつか。そこで父が薦めた萬屋錦之介主演、『柳生《やぎゅう》一族の陰謀』の、不必要な超豪華キャスト及び荒唐無稽の極致と言うべきストーリーを追ううち、一度観ているると気づき、最後の場面で、父がいつか口にした、こんなばかなことが、という言い方が、柳生但馬守《たじまのかみ》が幕府という組織の中で武士として、人間として、男として崩壊する際の、錦之介のブッ飛んだといおうか、ブッ壊れた演技の上の台詞だと分る。組織と一個人の関係とはこのようなものかと感じ入り、果して父は大丈夫か、この映画を一人息子とともに観る理由は何か、今度の退職だって、よく働いたよ、一つの悔いもないよと言ってはいるが、本当に何も問題のないものなのかと勘ぐる。これまでの貯蓄を考えれば当分生活面に問題はないだろうが、もし円満退職だとしても父は今後の楽しみを、まず本が売れることのない純文学畑に踏み込んだ息子に見出したのかもしれず、うんざりした気分になる。

六年目。そういった父との関係や、震災をどうしても身近な出来事だと捉え切れない私自身のふがいない心理を、これまでになく小説にそのまま取り込む形で新作を仕上げ、とうとう芥川賞受賞となる。

二月の贈呈式当日、雨の中を父と二人で上京し、賞の主催者がこの日のために一泊だけ取ってくれた高級ホテルのコーナースイートで、スーツに着替える途中、面白がって冷蔵庫を開けると、掌に納まるほど小さなウイスキーが、デザインは通常のボトルそのままに並んでいた。

「ミニバーだな。」

いいホテルなら普通らしい。なるほど、自分とは比べ物にならないほど父は世の中を知っている。それは母にとってなんの魅力もない、無駄な物知りでしかなかった。

「父さんだってこんなところは初めてだよ。」

慣れないため三度結び直したネクタイを、父はまるで、結ぼうとする気が全然ないみたいな顔つきで、一発でやってのけた。ネクタイの方が父の指を操っていた。どうにかすませて、それでもまだ財布とハンカチをいったいどのポケットにどう入れたものか迷っている私に、

「やっぱり母さんも一緒の方がよかったな。」

「会場には来てるだろ。」

「来てるかな。」

父に言われて母にも招待状は出したが、正直来てほしくなかった。自分が会うのはいいが、両親が何年ぶりかで顔を合せる場にいたくはない。母と三人で再会出来るのを本当に楽しみにしているらしい父が信じられなかった。あいつが私のこの気持を想像して何か言いそうだったが、そういう状況に気を遣ってか、姿が見えない。

「父さん、ほんとに母さんに会いたい？」

「何を言ってる。お前はいやか。そんなことないだろ。照れなくてもいいだろ。実の親子

だ。家族じゃないか、な？」

父の言葉があいつの皮肉に聞えた。

雨はやまなかった。母は来た。会場には家族用の席が作られていたが、母は近づいてこないし、お母様がもし来られてるならこちらに、と編集者に勧められた私も、来てないとは言わず、来てるけどほっとけばいいと言った。

賞を受け取ってスピーチをしたあとは会場フロアで、選考委員に改めて礼を言ったり、賞の元締である大手出版社の偉い人たちと、雨降りますねそうですね話をしたり、その後は行列を作って名刺を渡しにくる、出版関係か何関係か分らない面々とまたもや、雨の中をわざわざどうも、いえいえこの度は本当に、これを機に弊社にもぜひお原稿頂戴したく、と続き、父は家族席で注がれるままにワインを飲み、母は立食の会場で、一人ぽつんと皿を持って何か食べている、と確認し、名刺の行列が途切れる頃に現れた、いつか手首を摑んだ女性編集者が、おめでとうございます、と素早く頭を下げるので、握手の手を出しかけたが、もう一度硬い調子で頭を、というより顎を下に動かし、歯は見せずに笑って手は差し出さず、失礼します、でこちらは手をポケットに突っ込んでなんとかしのぐ。

列がなくなり、まだ五月雨《さみだれ》式に何人か、というあたりまで落ち着いた時、その疎《まば》らな人間たちを一応よけながら、あいつがびしょ濡れで歩いてくる。この場を悪用していやみを言ってやろう、という感じではない。むしろいつになく堂々とした歩幅で、雨の中で何かを振り切ってきたと言いたげな、ちょっとした威厳が漂っている。その手前に、大学で日本文学を教えているという男が割り込む。文芸誌の書評で私を取り上げてくれたこともある人物で、明日、対談する予定。担当編集者とも親しいらしく、三人での会話。耳が人間以外の声を捉える。

「こんな恰好ですまん。そのまま聞け。お前、お前はだな――」

「そこまでだ。聞えているね、私の声も。」

どうかされました、と教授。編集者も心配そうに見ている。お疲れですよね。いえ、全然大丈夫です。

「よろしい。私の声もそのまま聞いて頂こう。」

あいつは動きが止っている。

「分るね。そう、この者やあの本屋に化けた者が、上、と呼んでいる存在。そんな相対的な呼称はごめんだが、こちらの世界で人間に話しかけるなら、その方が手っ取り早いからね。この者は連れてゆく。事情はあとで。いまはじっくり話を聞いてはいられないだろう? 宴というのはどの世界でも楽しいものだろうからね。ではのちほど。」

あいつは消えている。

父は先にホテルへ戻った。私は母と短く話したが、何をどう言ったか、きっと父と話をしたかどうか確めるくらいはしたのだろうが、よく覚えていない。そもそも、母と会話なんかしたのか。いやもっとそもそも、母はあの会場にいたか。父はいたか。自分は本当に芥川賞なんか貰ったのだろうか。

二次会でも先輩作家や編集者たちと、飲みながら話をした、のだと思う。むしろ普段よりも周りに調子を合せて、ちょっとはしゃいでさえいた。会社員が上司や取引先としたくもない会話をする時の感じ、だろうか。一次会での出来事をごまかしたくて飲み続けて、酔えなかった。

びしょ濡れのあいつを見たのも勘違いだったのか。ひょっとして、これまでの何から何までがそうだったんじゃないのか。女の子、猫、あいつ、本屋の女の人。何よりも、自分の中にある死への願望。死にたい？　死にたいなんて思ったこと、あったか？　生きてる人間が死にたいなんて、そう簡単に思うだろうか？　願望？　死を願うなんて、そんなの願いのうちに入るだろうか？　死神なんて全部、夢の夢の夢だったんじゃないのか？　さっきの声だって、上か下か絶対的か相対的か知らないが全部夢で……全部が夢？　いまこうして受賞者としてちやほやされてる瞬間も、やはり？　だとするといつまで目を覚ましていたんだ？　いつ眠った？　いつ夢が始まった？　父は？　母は？　離婚も夢で、本当はいまも家で父が母を引っぱたいてるんじゃないのか？

寝てる場合じゃない。起きないと、起きないと……

やっぱりお疲れの御様子ですのでそろそろ、明日も予定があることですし、と編集者に促され、その場の人たちに感謝と別れを言い、握手。生きている他人の皮膚、握力。声。移動。車。夜の東京、丸の内。編集者と明日の取材や対談の予定の確認。雨はやんでいる。

夢じゃなさそうだ、これは。

ホテル、ロビー、エレベーター、廊下、カードキー、扉を開けて、部屋。入ってすぐの照明はついているが、奥は暗い。父は眠ったのか。

「お疲れ様、ではなく改めて、おめでとうと言うべきなのだろうね。」

止った呼吸を、再開。夢ではない。声だけで、姿はない。だが、いるのだ。

父を起さないためコートのままバスルーム。湿気。鏡には自分以外映っていない。

「分っているね。お父上に私の声は聞えない。あなたにも姿は見えない。申し訳ないのだが、姿などという人間世界の要素をまとうことは出来ない。あの者たちのようにはね。どうか許してほしい。」

男か女かよく分らない。どちらでもありそうだし、どちらでもないかもしれないし、絶対にどちらかなのでもありそうだ。

「静かに聞いてくれればいいのです。許してほしいと発言しましたが、何もへりくだった態度を心がけているのではありません。許し、というのは、声の主たるものどこかに姿として存在している筈だという人間界の常識を破って話をする、そのことを踏まえたおざなりの言い方に過ぎません。こういう場面ではおざなりにでも許しを乞う。礼儀にかなっているでしょう？」

誰かの声を聞こうとする自分を鏡で見る。この世でたった一人の人間かと一瞬思う。

「困っているのです。困る原因を作ったのはあの者ですが、あなたになんの罪もないとは言えない。あの者がいままであなたに伝えてきた情報は決して嘘ではなく、我々の役目を大きく外れるものでもありません。我々は人間の心理を読めない。人間を誘導しない。人間のために何かをするのではない。あなたの内にある願望はどこまでもあなた独自のものなのであって、我々が植えつけたものではない。その事実、それをあなたに伝えること、これは別に困ったことではありません。人間がどのような死に方をしようが我々は何も困らない。お分りかと思いますが。」

私に考える時間を与えるために黙ったのかもしれないが何も考えられない。考えたとしてもよくない答しか出そうにない。

「だがあの者は我々の枠、法を越えようとした。猫の姿であれ人間になるのであれ、基本的にこちらの世界へ現れることは禁じられている。ただ、基本的になのであって絶対ではない。人間を決められた最期へと、誘導ではなくきちんと当て嵌《は》めるためであれば、あくまで奥の手として、禁を破ってもよい。担当する人間がなかなか行動しないとなると、あとの予定が詰ってしまいますから。」

予定が詰るという言い方に笑いそうになって、実際には笑わないことを、怖いと感じる。

「あの者は、いままでも人間に肩入れし過ぎてきた。あなたも知る通り――これほど大切な話の途中でよくも欠伸が出来るものですね。お疲れ様です。また明日。」


翌朝、先に自宅に戻る父と別れ、とりあえず受賞者の肩書に朝から晩まで逃げ込む。受賞決定直後にも散々やったが、賞の主催者である出版社での雑誌からの取材。昼食を挟んで今度は受賞作を出した出版社へと移り、取材。屋上へ出、果してこの出版社のものかどうかいまひとつよく分らない動画撮り。きのう会った大学教授との対談が終り、やや遅い夕食。ゆうべの超豪華スイートではなく、別のホテルの一人部屋に入ったところで、

「邪魔してはいけないのでこの時間になってしまいました。我々にだってそのくらいの人間世界の常識はある。それを理解しなければ役割も果せない。きのうの話を続けると、あなたも知っている通り、あの者は少々いたずらが過ぎる。飛んだり天井にへばりついたり、あなたへのいやがらせ、戸惑わせる態度が多い。それだけでも十分ルール違反ではあるのですが。」

いまあいつに出てきてほしい、となぜか強く思う。

「あれがあの者のやり方ですので、ある程度であれば目を瞑《つぶ》りもしますが、度が過ぎている。今回だけではない。これまでにも手を焼いてきた。あの者は自らの職務が不満である

らしいのです。だからといって他の役割などあり得ない。人間の最期をそれぞれの形で見届けるのが我々の仕事であり、仕事イコール我々です。人間に置き換えれば、肉体そのもの、命それ自体です。」

「それぞれの形というのは、あ、話しかけても大丈夫ですか。」

「構いません。誰も聞いてはいない。あの者たちでさえね。」

「あいつと、女の人が、聞いてない？」

「いまのこの場面、この会話を、あの者たちは感知出来ない。」

「眠らせたんですか。」

「人間世界の睡眠は我々にはない。説明しづらいのですが、いまこの時にあの者たちは存在していないとでも言えばいいのか。断っておきますがあの者たちがまたあなたの前に出てきた時、あなたがこの会話の事実を話せば、いまと同様あの者たちには一時的に消えてもらい、あなたの暴露を記憶から消去してまたこちらに現れる。何度もそれが続くようなあなたにも、非常によくないことが起る。」

「それぞれの形で見届けるというのは、僕のように自殺であったり、でなければ老衰、病気、事故、他殺とそれぞれ死に方が違うから、そちらの役割もそれに合せてそれぞれにってことですよね。自殺担当であるあの二人は、それがいやになった、耐えられなくなった、というようなことですか？」

「いやになる、ならないではないのです。自らの役割がいやになるというのは自らを否定すること。あなたが願望を抱えているように。」

「あいつが、死にたがってると？」

「そのような人間的な発想は我々にはあり得ません。あなたはこう思っているのでしょう、自殺担当から他の、老衰担当へでも換えてやればいいではないか、と。その換えるという発想自体が人間的なものなのです。もともと、自殺担当であるという思考そのものがあり得ない。ただ、担当しているのみ。それが我々の仕事、役割というもの。あの者は人間に接近するあまり、人間の心理にまで近づいてしまうようになった。あの髪がその証拠です。」

「申し訳ないが、疲れてるので……」

「明日にしますか？」

「シャワー、浴びてきていいですか？」


上、の言うところではあの髪は刻印であり、凶状なのだそうだ。人間に肩入れし過ぎる死神は、残念ながら一定数いる。人間に接するうちに同情を覚える。だがそれはむしろ優秀な死神ならではの、業のようなものだという。やがて自分たちの仕事の対象となる存在と真剣に向き合うからこその、

「惻隠《そくいん》の情というやつです。あなた方人間にとっては最も麗しいと言える感情。なぜ麗し

いか。どう手を尽しても死を回避は出来ないからです。それは自殺に限らずあらゆる死という意味ですが、死を前提としながら健気に奮闘する人間は、まさしく麗しいと言う以外にありません。我々は迎えにやってくる死と迎えられる人間との宿命的結合を見届けるのですから、思わず人間の立場を考慮してしまう場合もなくはない。はっきりした共感や同情でないにせよ、死を受け入れたり乗り越えようとしたり、乗り越え切れずに、しかし最期の時が訪れるまでは生きてゆこうとする人間たちの壮大で無意味で不思議な姿に、何かしらの感慨を覚える。私自身を省みても、そういう頃があった。」

上というくらいだから、下から出世するものなのだろうか。

「人間の心理に接近するのは何も我々の弱さ故ではない。人間と同じ要素を持ってはいない。単に影響されているだけです。あなた方の言う、ひょんなこと、に過ぎません。共感や同情という感覚を本当に持つのではなく、試しに味わってみていると言えば、近いでしょうか。なるほどこれが同情というやつか、とね。通常はそれで終りです。ですが、あの者は優秀な分だけ肩入れが過ぎている。もう少し踏み込んでも自らの職務遂行に支障はないだろう、というわけです。あなたの前に出現し過ぎなのです。あの者にしてみればちょっとしたいたずらで天井に張りついているつもりでも、そこには無意識のうちに危険な同情が芽生えている。あなたに対してだけではない。人間の時間の区分で言い表すなら昔からそうだった——やっぱりしっくりとは来ませんね、昔だとか、そういうややこしい言い方は。我々は時間に関係なくただ役割を果すだけなのですから。人間に肩入れし過ぎる、を別の言葉にするなら、時間を意識させられてしまう、というところでしょうか。昔、いま、未来。生れる、生きる、死ぬ。我々には分らない、分る必要のない複雑な時間の意味。あの者はそこに足を取られた。だから、髪の色を二つに分けさせたのです。我々と人間と、二つの世界に等分に力を注いでしまっている罪の証拠として。あの者たちが人間の姿になるのは、あなたにとってのずいぶん前に、本屋の者が説明したように、人間の目に触れる時だけですが、罪ある者はいわゆる上と対面する時もあの状態です。人間の姿をさせることが我々の世界では厳しい罰であり、恥辱でもある。そちら時間のゆうべもそうでした。あなたのお祝い事を邪魔するのはあの者も望んでいませんでしたのでそれを利用していろいろと審問していた、その最中に我々を振り切ってこちらへ姿を現した。純粋に祝いを言うのだと主張していましたが何をするか分ったものではないので、存在を消し、あなたに直接、伝えるべきことを伝えるために、私が来た。」

「伝えることというのは、僕への、警告、ですか。」

「どのような？」

「そう訊かれても困りますが。何しろ自殺と決っている僕には、どんな脅しも警告も通用するわけありませんから。しかし、じゃあいったい……」

「人間世界における有効な知恵を拝借するために、来たのです。人間同士が関係を円滑に進めるためのシステムに、是非参加させてもらいたいのです。つまり、あなたと、取引を。あなたにとって願ってもない、というのは正確ではありませんね。逆に、長年ずっと願って夢見てきた、自殺を願いながらもっともっと願ってきたことに関しての、あなたにとって絶対的に有利な取引。」

「怖いですね。絶対的な取引なんてものがあるとしたら、それは不正な取引でしょう。」

「絶対的かつ、正しい取引。分りますよね。」

窓からの都心の灯りが部屋の中にまで広がってきそうな妙な感覚になり、これはひょっとすると、希望ではないかとさえ思った。

「自殺を、しなくてもすむ……その代りに、何かを？」

「あなたにとってはそういう解釈になるでしょうね。間違ってはいません。だいたいそんなところです。自殺をしなくてもすむというより、あの者があなたの前から消える。だけでなく、根本的に。」

「根本的に？」

「結果、あなたは、自殺からは解放される。」

「自殺からは……ってことは御丁寧にも他の死に方を拝領出来るわけですか。」

「いわば、普遍的に死が訪れるということですよ。誰もが死ぬ。あなたもその誰彼の一人に過ぎない。明日、事故死かもしれないし、百歳まで生きて眠るように、かもしれない。勿論それぞれに担当者がいます。自殺でないただの死、それだけです。我々からすれば自殺だってただの死でしかありませんが。取引に、応じますか。」

「僕は自殺とおさらばする代りに、今度はどんな重荷を背負わなきゃならないんです？」

「やりますか。」

「聞いてみないことにはね。」

「いま、判断してほしい。一度聞けば何がどうあってもやり遂げてもらわなければならない。もし途中で逃げようものなら、自殺よりももっと直接的で簡素に短時間のうちに、我々の掟《おきて》においてあなたの命を収奪する。それがいやならいまの時点で取引不成立。あなたはこれまで通り、自殺を背負って生きる。」

「うんざりだ。あなた方はどこまでも人間の命にしか興味がないらしい。生きてゆくというのは、生きるっていうのは、ただ命がそこにあるだけではなくて、ただ生き長らえていつか死んでゆくというだけではなくてですね……」

「無理して答を出す必要はないし、いまは話を本筋に戻すのがお互いのためです。全てを明かす前に、このへんまで聞いただけならまだ引き返すことが可能、というあたりまで話しましょうか。あなたがなすべきことはたった一つ、黒白二色の髪となったあの者と本屋の者の存在をあなたの前から消すことです。あなたの手で。あなたの自殺を見届ける役割のあの者をあなた自身が消す。従ってあなたの自殺そのものが成立しなくなる。この理屈、分って頂けますね。」

「分るような、分らないような。」

「あなた方人間の死はどんな形であれ、我々の目に見届けられることによって成立する。その目を自分自身で潰しさえすれば、少なくともその死に方だけは回避出来る。続きを、聞きたいか。」

聞いた。あいつと決別して自殺を、まるで歯と歯の間に挟まった骨のように自殺だけを、自分の人生から取り除こうと、私は決めた。


だから、その後も、こうして、小説を書き続けている。どうやら本当に何も知らないらしいあいつは、

「作家先生よお、せっかくタイトルホルダーになったのに、例の美人編集者とも進展はないし、サイン会やったんだからそこに来てる女の一人や二人どうにかしたっていいだろうに、手紙渡されて、手、握られて下品にニタニタして終りだし、情なくて見てられない。生きてる間に十分楽しんだらどうなんだ、え?」

「一昔二昔前の古臭い作家のイメージしかないんだな。あんた方が考えてるほどいま時の作家は暇じゃない。死ぬ暇もない、と言わなきゃならないとこだけど。」

「私たちは、決して君を弄んだりばかにしているわけではないの。彼だって……でも私た

ちには定められた役割がある。いまさらだけれど。」

「いわゆる上は、そのあたりをどう考えてるんですか。僕の前にあなたたちが現れてから、そうとう時間が経っている。やるべきことを僕がやらずにいるからズルズルとこの状態が続いてるんでしょうけど、そのことであなたたちが上から何か言われたりはしないんですか。」

「これもいまさらだけれど、人間各自の意思に任されていますので、よほどのことがない限り、何も言われはしない。そもそも、私たちにとって人間世界の時間は五十年だろうが百年だろうが、ほとんど変らない。」

昔、いま、未来。生れる、生きる、死ぬ。我々には分らない、分る必要のない複雑な時間の意味。

「ってことはですよ、いま僕は作家としてそこそこ成功してるわけで、昔みたいに毎日死を考えはしない。極端に言えば、八十歳、九十歳くらいになって、病気や何かの悩みでやっと命を断つのかもしれない。いまやるのと数十年後と、そっちにしてみればたいした違いはない。」

「いつか必ずそうなるのでね。」

上の鉄槌《てっつい》がいつ下されるかと恐れつつ、ぎりぎりの言い方を探し、

「これは、前から訊きたかったんですけど、もし、もし仮にですよ、あなたたちを飛び越

える形で上の誰かが僕に接触してきて、なんというか、強制的に何かを仕かける可能性はないんですか。」

この時遠回しに上のことを言う私は、ここにいる三人一緒に助かろうとしたのだろうか。取引のあとだというのに。どうやったら助かるかも分らないのに。

「強制的に、何を？」

「え、と、だから、あくまで想像になってしまうけど、いろんな手を使って僕をさっさと死に追いやったり、あとは、そうだな、逆に、逆に……」鉄槌、来るなよ。「逆にですね、自殺の設定を卓袱台返《ちゃぶだい》しして、全然別の死に方をさせる、だとかは。」

セーフ。いまのところ、何も起らない。

「作家先生にしちゃ、いささか安易な想像じゃございませんかね。上は降りてこない。残念ながら、それは俺たちが一番よく知ってる。」

女の人も深く頷き、

「私たちだって、細かなことが隅々まで分っているわけではありませんが、上にも、あなたの死に方を変える力はない。」

「上にも、ですか。」

「人間の死に方が変更不可能だからこそ、こちらはこちら、人間は人間でいられる。死に方が変えられるとなったら、私たち、だけじゃなく上の役割そのものが消滅してしまうでしょう。変えられるなんて話、聞いたことないし、私たちの立場でもしそんな嘘をつけば、それこそ上から断罪される。」

誰が、誰を断罪するのか。上が、下を？　だが断罪されると言ったのは本屋の女の人の方だ。下克上が起るのか。起ろうと、していたのだろうか。

でも、雨だった。東京での贈呈式からずっと雨の気がする。降らない日はある。雲がかからず、春の陽気の気配もある。だが、雨が去ったのではなかった。季節を進める昼夜のくり返しの隙間に、石と石の間の小蛇のような雨の匂いが、震える舌先を出し入れしながら覗いていた。その中のいく筋かは確かに、雨気でも水滴でもなく、いつの時代も誰かを唆そうとずる賢く狙っている細い爬虫類の姿を現して、街の隅や陰で鱗《うろこ》をきらめかせ、のたうち、消えたに違いない。そんなことが起ったって不思議はなかったし、それくらい起ってくれなければ、自分が置かれた状況を捉えるのは難しい。とんでもない、蛇のような事態が、たとえ人目につかなくても、どこかで必ず展開している。

いまもそうだ。ここに蛇はいなくて、でもこの小説を、私が書いている。これが、果して人に読まれるものになるのだろうか。そんな日が来るとは考えられない。上は、あの時……

女の人は勿論、あいつもこの『死神』の中身は知らない。作家になる前は、学校の宿題でもないだろうに熱心なことですな、などと割り込んできた。それにしたって、長年のよしみもあってか、こちらの手許を見たりはしなかった。いまはもう、仕事中には出てこない。透視も予知も本当にしていないのなら、この小説の内容はまだ知らない。あの時、上が言った決りごとが本当なら、いずれ……

父は、近々総入れ歯になるらしい。大画面テレビで時々一緒に映画を観る。

「いいか、男はな、高倉健かクリント・イーストウッドだ。あれなんだ、あれなんだよ。」

「錦之介じゃなくて？　三船敏郎でもなくて？」

「錦之介とか三船は、男というか、映画の中のスターって感じだな。裕次郎もな。」

「健さんとイーストウッドは現実的なわけ？」

「母さんは二人とも嫌いだった。」

「父さんがこんなに映画が好きだって、子どもの頃は分らなかった。一度も一緒に、観に行ったことなかったし。」

「もっといろんなとこ、連れてってほしかっただろうな。そうしておくべきだっただろうな。親子なんだから。お前は、なんでそうなんだ。」

「何？」

「なんでいつまでも父さんと暮してる。恨んでるだろ。遊びに連れてってもらえなくて、殴られて、なのになんで母さんじゃなくてずっとここで……あれか、こっちは体がガタガタで老いさらばえるだけの身で、それに比べてお前は有名な作家になって前途洋々で、それでつまり、父さんを見返してるってことか。お前なりの復讐《ふくしゅう》なのかもしれんと思うことはあるよ。」

「復讐で小説は書けない。いままでも家族を描いたものはあるけど、父さんの暴力をあからさまには書いてない。いまのところは。」

「うん、いいぞ、書いても。私小説というのか、家族のことを赤裸々にぶちまけたって構わんぞ。母さんはいやがるだろうが。」

「暴露するみたいな小説はいま時あんまり。家父長制とか男性至上主義的な、それこそイーストウッドみたいなのは批判されることもいまはあって、あ、イーストウッドは家父長って感じとは違うけど、とにかくそういう男中心の世界を批判的に書いたとしても、現実にはその当の父親と、こうやって馴《な》れ合うみたいにして暮してるとなれば、なんだ結局は父と息子が男同士で女性を排除して生活してるだけじゃないかって、見られかねない。出てったのは母さんの方だけどね。」

「なんだか難しいんだな。」

「だから、それを難しいって勝手に男が決めつけてる時点で駄目なんだよ。」

「うーん、やっぱり父さんには難しいとしか言いようがないが。ロバート・レッドフォードが監督した『普通の人々』、観たことあるか。」

「暴力親父の話なの?」

「いや、そうじゃなかったと思うが、どうだったかな。なんとなく思い出しただけだ。」

「そういう、父さんとか母さんのことをね、割と正確な形で、いま、書いてるところではあるんだけど。」

「暴露的に、じゃなくてか。」

「ファンタジーとして。」

「暴力が、ファンタジー?」

「いや、それはまずいと思うけど。神様が出てくる話。死神だけどね。」

「父さんが死神なわけか。」

「違う。現実そのものが、ファンタジーなのは確かだけど。」


「お母さんのこと、書くの? あんたの仕事に口出しはしないけど、あんまりいい気分じゃない。」

「いままでだって、名前も状況設定もずいぶん変えて書いてきただろ。それをね、申し訳ないけど、もっと具体的に書くんだよ。」

「何、復讐のつもり?」

私は意外に驚かず、

「父さんも同じこと言ってた。僕の小説は復讐だって。母さんもそう思う？」

「お父さんへと、お母さんへと、復讐の意味合いは、多少違うんじゃない？　でも、所詮はそんなものでしょうね。子どもに復讐されない親なんていない。」

「高倉健、嫌いなの？」

「お父さんが言ったのね。あー、そうね、あんまり。」

「じゃあ石原裕次郎とか？」

「錦ちゃんかな。中村、じゃなくて萬屋錦之介。結婚前はお父さんとよく映画、観に行ってた。私もね、お父さんと一緒だったたから行ってたんだけど、結婚した途端、ああだから、行かなくなっちゃった。何、どうしたの。」

母が仕事をやめてからだいぶ経つ。髪はもう、染めていない。


快晴だった。雨も小蛇もいなかった。いつもの道、本屋の外観。これを忘れる日が、目の前の二人をすっかり忘れてしまう日が、本当に来るのだろうか。それでも、私はいま、こうして生きる方を選ぶ。死に方の一種類でしかない自殺から解放されたところで死なずにすむわけではないのに、実際に死のうとしたのは間違いなく自分の意思でありあいつに強いられたわけではないのに、自殺さえしなければ何もかもうまくゆくと思い込んでいるように、私は上に従い、あいつと女の人を消す。

「自殺と正面から向き合う、というと恰好つけ過ぎだけど。」

「それが、君の次の小説なのですね。」

「そこに俺たちも？」

「少しは。」

「出演料、貰わなきゃなんないな。」

「それは無理だけど。」

「無理というより、無意味、な。」

「書いていいんだね、ほんとに。」

「君の御自由に。死が訪れるまでどういう生き方をするかにこちらは関与しない。する必要がない。そうですね、書かれるとなれば、興味がないとは言わないけれど。」

「書いてしまうと、あなたたちに何か、不都合なことが、起ったりは、しませんか。つまり、あなた方の存在が、人間に、知られてしまうことになって、その……」

「おいおい、読んだ人間の誰が、ほんとにするよ、え？」

「それは、確かに、そうだね……」

女の人も安心して笑っている。やはり何も知らないのか。ならいっそ、ここで、三人いっぺんに消える方を、私は選ぶべきだろうか。

「続きを、聞きたいか。」

　上にそう言われたあの時ほど強い気持で頷いた経験はない。あれほど自分のことしか考えない瞬間はもう来ない。来てほしくない。

「あなたがあの者たちを、確かな形で小説に書くこと。人間にとっての強い言葉で表現するなら、それは、宿命。この話を聞いてしまった以上は。あのクラスの者たちは、やむなく姿を現す場合は担当している人物にだけ見える形でなければならない。そしてここが肝心ですが、人間の世界に痕跡を残してはならない。通常、何かが残ることはまずありません。映像にも映らない。足跡も指紋も残らないように出来ている。あり得るとすれば、我々の側が痕跡を印すのではなく、担当する人間が記録する場合です。創作物として表現する場合です。これまでにもありました。あのクラスの者の中で法を越えて人間に接近、同情し過ぎる時は、こちらから今回のような手段に出る。あの者たちはこの単純な仕組みを勿論知りません。それにしても、あなたが小説をなりわいとしているのは全くの偶然でした。わざわざこれから創作や表現の勉強をしなくても、あなたにはあの者たちを公の記録に残す十分な力がある。」

　街の灯りを見ていた私は、そこに上の実態があるかのように天井あたりに目をやり、

「しかし、作家などの表現の本職でなくても、日記なんかに死神を見たと書く人もいそう

ですが。」

「今回のように、いわゆる上が当の人物に直接命じる場合のみ、その人物は自殺を回避出来る。そうではないほんのちょっとした記録は、記録のうちに入りません。たとえ細部が日記に書かれていたとしても人目に触れなければどうということはない。それに自分は死神に会ったと証言しただけでは、まともに取り合ってくれる人はまずいないでしょう。あの者たちとの出会い、その後のなりゆきなど、その人間にしか分らない詳細が公の形で残るかどうかが問題なのです。死神に会ったと話すだけなのと、小説として発表するのとは、UFOとされる不鮮明な映像と、目の前に宇宙人がいる、そのくらいの違いがある。一応言っておきますが、人間の世界で発表する前にあの者たちに読ませようとすれば、先程言った、この取引から途中で逃げ出そうとした場合と同様だと見做されて、あなたの命は奪われる。」

「つまり、僕がこれまでのことをあの二人にばれずに細かく小説に書きさえすれば、そうすれば……」

「書きさえすれば、ではない。あなたは書かねばならない。通告したように、あと戻りは出来ない。書いて、世の中に発表する。あの者たちは自動的に法を犯したこととなり、消える。あなたは、もう自殺の心配はない。」

「あの二人が、消える……」

「存在そのものが消滅します。断っておきますがあの者たちのみ。私は何も影響されない。この会話も、存分にお書きになって構いませんよ。」

「その、消える、というのは。」

「お分りだと思いますが、死ぬのではない。我々に死はありません。初めからいなかったのと同じです。あなたにとっても。」

「なんとなく、予想出来る気が。」

「恐らく、お察しの通り。あなたの記憶からも、あの者たちのこと、私のことがいっさい消去されます。最初の、猫。そこからのいっさいが消える。あの本屋に行っても、あなたにとってはただの一書店に過ぎない。思い出すことはない。人間の女性の姿をした者もいない。」

「しかし、書いた小説は、残るんですよね。」

その先の上の答も、たぶん分っていた。

「ええ、実話ではなく、あなたの完全な創作として。書き上げたあと、編集者の目に触れた時点でこの取引は成立、完了しますから、その後あなたが読み返したところで、よく出来た小説、作家としての仕事だと認識するだけです。記憶は断じて復活しない。あなたは、これまでの我々とのことを、何も体験しなかった。体験そのものが、初めからなかった。御両親の離婚などは事実として今後も継続されます。私生活の波風を背景として、架空の存在が出てくる小説を物した、というところです。」

それを、私は、いまこうして書いている。もうすぐ終り、人目に晒され、たぶん、自殺せずにすむ。そして、全部忘れる。あいつが天井に張りついていたことも、あの日女の人が泣いていたことも、全部、全部、全部。

これを読んでいる人たちへ、いや、読んでいる自分へ。これは本当の体験。自分は死神と長い時を過し、それは死神にとってほんの一瞬に過ぎず、その長い時も一瞬も、全部潰れて消え去って、あいつと女の人はいなくなる。自分の記憶からも。いまこうして生きている私へ。これは全て本当のこと。どれだけ信じられなくても。どこにも、なんの記憶も残っていないとしても。


本屋から一歩出る。あいつが欠伸しながら宙を泳いでいる。もうすぐ会えなくなる。そうじゃない。もう会わなくてすむんじゃないか。自殺しなくてもいいんじゃないか。やっかいなやつらがやっといなくなってくれるのだ。長いことかかった。こいつらにとっては一瞬だったのだろうが、私にとっては大切な時間を浪費してきただけ。それがとうとう終る。自分の手で終らせる。自分の言葉で、自分の仕事で、この小説で。両親と同じくらい身近だった二人を、いまこうして、消す。

「書けたら、あなたたちにも、絶対に、読んでほしい。細部まできちんと、書くつもりなので。」

嘘。読ませることは、出来ない。

「だーれもほんとのことだと思わねえの、やっぱりちょっと切ないよなあ。」

平積みにされている雑誌の表紙。あの初めの頃も、こうやって見ていた。

「あなたたち二人と知り合って、もうどれくらい経つのか。」

「どうしたんです、改まって。」

「いえ、いざ小説に書くとなると感慨深いというか、緊張するというか。」

「でも、書くのでしょう。」

「ええ、決めた以上はやりとげなくてはならないので。必ず、書きます。書く以外の道はあり得ません。」

「たいした自信家になったもんだな、先生。」

「あなたたちに鍛えられたので。」

「そりゃ嬉しいね。」

同情してくれてありがと、と言おうとしたが、上の怒りを誘うかもしれない以上に、相手にこちらの本当の気持を植えつけるのがいやだった。まるで、自分の方が消えてしまうみたいだ。いっそ、その方が。

いやだ。消えたくはない。

「また、来ます。」

「ええ、いつでも。」

あいつは高く飛んでいる。私は、飛びたくはない。飛べないからそう思うのだ、きっと。それでも飛びたくなんかない。死にたくはない。だから、消す。何も問題はない。まだ泣いてはいない。まだ、だって？　これから先だって泣きはしない。長い間一緒だったあいつらを消すからって、なんで泣くだろうか。泣きそうになっているだけ。泣きそうだと思い込んでいるだけ。だってそうじゃないか。自殺せずに、せずにすむのだ。こんな晴れやかなことはない。長年一緒にいた誰かが消える。やっかいな願望が消えるとはつまり、そういうことだ。自殺との別れ。自分の重たい願望との別れ。自分にとっての、一つの時代との別れ。時代なんて大げさだ。長年じゃなくて、たぶん一瞬だった。あいつらの感覚同様、これまでの長い日々は、ほんの、わずかな出来事。あるかないかの瞬間。振り返っても、もう思い出せないほどの、短い時。

でも、いまはまだ、まだ思い出せる。まだ間に合う、と強く意識する。思い出しさえすれば二人が消えず、同時に願望からも解放されるかのように。何もかもが記憶の中にしかないかのように。

書出しは、やはり、最初の時にしよう。

中学二年の時、初めて本当に死のうとした。つまり、初めてあいつに会った……

初出　「小説トリッパー」二〇二二年春季号から二〇二四年夏季号

装丁　水戸部功

田中慎弥（たなか・しんや）

一九七二年山口県生まれ。山口県立下関中央工業高校卒業。二〇〇五年「冷たい水の羊」で第三七回新潮新人賞を受賞し作家デビュー。〇八年「蛹」で第三四回川端康成文学賞受賞。同年「蛹」を収録した作品集『切れた鎖』で第二一回三島由紀夫賞、一二年「共喰い」で第一四六回芥川龍之介賞、一九年『ひよこ太陽』で第四七回泉鏡花文学賞を受賞。著書に『宰相A』『完全犯罪の恋』『流れる島と海の怪物』など多数。

死神《しにがみ》

二〇二四年十一月三十日　第一刷発行

著　者　田中慎弥
発行者　宇都宮健太朗
発行所　朝日新聞出版
〒一〇四―八〇一一　東京都中央区築地五―三―二
電話　〇三―五五四一―八八三二（編集）
〇三―五五四〇―七七九三（販売）

印刷製本　中央精版印刷株式会社

Published in Japan by Asahi Shimbun Publications Inc.
ISBN978-4-02-252018-0

定価はカバーに表示してあります。

落丁・乱丁の場合は弊社業務部（電話〇三―五五四〇―七八〇〇）へご連絡ください。送料弊社負担にてお取り替えいたします。